大地叢書11

金閣寺

三島由紀夫 著
鍾肇政
張良澤 譯

三島由紀夫——永遠屬於青春的名字

——爲增訂版序

張良澤

民國五十五年十一月，我赴日留學。翌月，遊京都名勝金閣寺後，開始翻譯本書。翌年七月譯完，寄給鍾肇政先生修改。五十八年元月起，連載於「自由談」一年，是爲國內第一部三島由紀夫的翻譯作品。同年十二月由晚蟬書店出版單行本。該版本排印匆促，錯誤繁多。今再詳校重訂，請由大地出版社印行。

三島由紀夫，原名平岡公威，一九二五年一月十四日生於東京市。一九五六年一月發表「金閣寺」於「新潮」雜誌，借一年輕僧侶縱火焚燬金閣寺的故事，發揮了三島美學原理的極致，震撼世界文壇。一九七〇年十一月廿五日上午十二時十四分於東京陸上自衛隊東部總監部切腹自殺，享年四十五。

三島由紀夫是一位藝術至上主義者，也是古典主義者。寄託於他的文學裡面的，是一種破滅的思想。他赤裸裸地接觸「生」，而「生」有如少年在碧海中的自瀆：

我的無數的精蟲隨著退下的波濤，與波中無數的微生物、無數的海藻的種子、無數的魚卵等生命，被捲入起泡的海中而運走。

其結果是「千千萬萬的浮華，一瞬之間，將變成千千萬萬的死亡」(引自「假面的告白」)。但與瞬息的「生」相對的，卻是永恆的「美」。「美」不是造型，不是行爲，而是認識。它可以委身於任何東西，但不屬於任何東西。它像蛀牙，雖拔掉蛀牙，但疼痛永留於認識。雖然南泉和尙斬了貓，但貓眼的美卻斬除不掉。

也許是因爲三島的一生最重要的自我形成期，完成於戰爭與敗戰的廢墟中，他看到了天皇的權威、人類的尊嚴，由敗戰而崩潰，便不再信任所有社會性的東西。基於這種徹底的虛無主義，構成他表面堅固而實際架空的生活人、社會人。——強調自己的肌肉，反常的日常起居：午後二時起床，四時運動，晚上十時開始讀書寫作，早上六時就寢。劍道、模特兒、演員、音樂指揮、「楯之會」的總司令等，華麗的生活，就像千千萬萬浮華的單細胞。而晚上十時以後，開始面對文學世界的時候，他覺醒於認識之中。此刻，他是一個痛苦的、孤獨的求道者。他的道——美，每深入一層，便如同少年每過一次的自瀆，陷入更深一層的痛苦與孤獨。

於是。他完遂了大部份作品中的廢墟之美學，尤其是「金閣寺」。

年輕、悲壯而死，是無尙的美。三島早期的作品即有此思想。

「三十歲以後自殺的話，已不是美，而是醜了。」他向好友作家奧野健男說：「要是我活過了三十歲還不死，就要活到九十、一百了。讓別人說：那傢伙何以老不死？三島由紀夫是屬於青春的名字，到那時我便自號爲『三島雪翁』，改名爲『魅死魔幽鬼屋』了。」

他在「我的文學」一文中，說：「當我們（高中生）合唱校歌的時候，當我們學校的『應援團』輸給他校時，大家擁抱而哭，那一陣子，我們眞正感覺到自己是青春的一員了。現在想起來，那是多美呀。」

三島由紀夫——這青春的名字，當他以自己的行動哲學完成了三島美學的最後一部作品——切腹自殺時，也許期待著臺下的觀衆能像當年「應援團」的團員那樣地慷慨激昂，或像神風特攻隊出征前送別的悲壯場面，但是他失望了。

他只是認眞地做了一個天才所能做的。

三島由紀夫死了，留下不朽的文學作品，和一個永遠屬於青春的名字。

62・10・31 序於成功大學中文系

這本書和它的作者（初版序）

鍾肇政

金閣寺是日本的著名古蹟，位於日本古都京都市，原名爲鹿苑寺，因爲牆、柱、勾欄上均貼上一層金箔，金光燦爛，故亦稱爲金閣寺。

這所古寺是公元一三九七年，幕府將軍足利義滿所建，歷年來已燒燬多次，一九五〇年復遭一年輕僧侶縱火焚燬，五年後才重建成功。

那個縱火的青年僧侶被捕後曾說：「我對金閣寺的美，感到嫉妒，所以把它燒掉了。」三島由紀夫從這個事件，也從這句話得到了啓示，寫成了這部震驚世界文壇的巨著「金閣寺」。

這部作品，藉書中主人公「我」，來推展一種屬於心理的戲劇。除了「我」之外，尙有「我」的同學鶴川、柏木，「我」的初戀女有爲子，還有金閣寺的住持等人，不過這幾個角色並不是與「我」對立的。尤其鶴川，是「我」的「充滿誤解的解說者」，「我」的黑暗陰鬱的思想，由鶴川改變成「陽畫」，使「我」藉此與實在的人生溝通。

柏木可以說是影響「我」最大的人了。祇因「我」邂逅了柏木，「我」內心裡的一種憎恨才會意識化，以致造成「我」的可怕的破壞性。這其間的過程，我們可以從書中所謂「南泉斬貓」的一段揷曲看出其端倪。

本書的衝突並不是人與人之間的，而是「我」的觀念裡頭的「現實的金閣」與「心象的金閣」之間的，祇因「我」的觀念裡有這對立的兩種意識，更加上鶴川與柏木的從旁推波助瀾，所以展開了一場屬於心理的動人悲劇。我們似乎無妨說，三島所要追求的也就是人生與美的衝突，或者說野心與夢想的對立，意志與幻想的衝擊了。

作者三島由紀夫可以說是日本戰後出現的最有代表性、最有成就的作家，一九四七年，畢業於東京帝大法學部法律科，二十三歲時曾入大藏省爲官吏，但半年就退職，此後即專心從事寫作。

三島十三歲即有習作在校刊上發表，十五歲時寫了不少詩，十六至十八歲寫了多篇短篇小說，二十一歲時的一篇作品「煙草」獲川端康成賞識，在文學刊物上發表，這是三島正式躍現文壇的開始。

此後二十年間，三島寫了十六部長篇，三十多齣劇本，其他短篇小說、散文、遊記、評論等不計其數。最近新潮社印行了三島的全集，共五巨册，將近六百萬言。這兒譯出的「金閣寺」是公認的代表作，一九五六年問世以來，銷數接近百萬大關，並被譯成十二種外國文字，六六年以後屢爲諾貝爾獎候選人，雖被川端捷足先登，但他在世界文壇上的榮譽，可以和川端等量齊觀，若干年後諾貝爾獎仍然會落到三島頭上，這大概是可以斷言的。

第一章

從小時候起，父親便經常告訴我金閣的事情。

我出生在舞鶴的東北，面向日本海突出的一個偏寂岬角上。本來父親的故鄉不是這兒，是在舞鶴東郊的志樂村。因受人懇託，入了僧籍，成了偏僻岬角上某寺的住持，在那兒娶妻、生下了我。

成生岬角的寺廟附近，沒有適當的中學校。因此我離開了父母，被寄養在故鄉叔父家裡，從那兒走路到東舞鶴中學上學。

父親的故鄉，是陽光充足的地方。但一年之中，十一、二月的時候，縱然天氣好得看不到一朵雲，一天也會突然下四、五陣驟雨。我善變的心，恐怕是這土地培養出來的。

五月裡的黃昏，放學回來，從叔叔家的二樓書房裡，看著對面的小山。青翠的山腰滿浴著夕陽，看來像田野中豎著金屏風。我一看到這景色，便想著金閣。

雖然由相片或教科書上，常常看到現實的金閣，但總覺得不如父親所說的金閣的幻想來得動人。儘管父親沒說金閣閃耀在金色光輝中這類話，但從父親那兒得來的印象，似乎金閣是天地間的絕品；並且從這「金閣」的字面上、音韻上，我心中所描畫出來的金閣，是不可言喻的。

看到遠處田間，在陽光中閃閃發光，便想像那是看不見的金閣的投影。福井縣與這兒京都府分界處的吉坂坡，恰恰在東面。太陽從那坡面昇起。明知現實的京都在相反位上，但我卻從山間的朝陽中，看到金閣聳立於晨空中。

像這樣金閣處處可見，卻又在現實中看不到的一點，正如這地方之對於海的感覺一樣。雖然舞鶴灣僅離志樂村的西方一里半，但海被山遮住而看不到。然而，這地方時時飄來一種類似海的感覺。偶而可以在風裡嗅到海的氣味，有時也會有成群逃到田裡來避風浪的海鷗。

身體弱小的我，賽跑也好、玩單槓也好，樣樣都不如人家，加上生來就患口吃，更使我成爲凡事畏縮的人。而且大家都知道我是僧家的孩子，頑童們總是學著口吃和尚念經的模樣來逗弄我；武俠小說裡有描寫口吃衙役的地方，便故意提高聲音讀給我聽。

不必說，口吃成了我與外界的一層障礙。最初的聲音總難發出來。那最初的聲音像我的內心與外界之間的門扉的鎖一般，沒有一次順利地打開過。一般人可以自由地操縱語言，使內心與外界之間的門戶隨時開放著，通風又好，我卻怎樣也做不到。那鎖已生鏽了。

爲了發出最初的聲音而焦急的口吃，活像從濃濃的黏液中想把身體解脫而掙扎著的小鳥。好不容易才把身體掙脫出來，但爲時已晚。當然外界的現實，在我掙扎之間，放手等我的場合也有；但能等我的現實已非新鮮的現實了。我費盡工夫，好不容易才達到外界，可是那兒每每祇剩在瞬刻之間變色、滑走……失落鮮明度的現實、放出半腐臭的現實，橫臥在眼前。

這種少年，正如人們很容易想像的那樣，會抱有二種相反的權力意志。我喜歡看歷史中暴君的記述。如果我是口吃而又寡言的暴君，那麼臣下們都爲了察看我的臉色，終日惶惶不安。我不必用明確的、流利的言語來辯解我的殘虐。只有我的無言，便能使所有的殘虐正當化。我就這樣，一方面任意地幻想著一個個地把那輕蔑我的教師與學友抓來處刑，另一方面，我又空想我是內在世界的王者，冷靜諦觀的大藝術家。因此外觀雖寒酸，但我的內心卻比誰都富有。有著某種缺陷的少年，偷偷地自以爲是被選上的人，總覺得世間有個什麼地方，正有我自己所不知道的使命在等著我。

……我想起這一段往事。

東舞鶴中學擁有廣大運動場，連綿群山包圍著漂亮的新式校舍。

五月裡的一天，一個中學的前輩——舞鶴海軍機械學校的學生，得了休假，回母校來玩。

他從深戴到眼眉的軍帽舌底下，探出被太陽晒黑的端秀的鼻樑；從頭到腳，就像少年英雄的那個樣子。引來一群後輩，講述著軍中嚴苛的規律生活。他把那原就嚴苛的生活，以一種敘說窮奢極侈，靡費無度的生活的口吻說著，一舉手、一投足，都洋溢著矜誇。年紀輕輕的，就不知道自己謙讓的重要。把鑲滾了蛇腹邊的制服的胸部，挺得像鼓浪前進的船頭一般。

他在運動場上邊的二三段的大谷石石階上坐著。旁邊圍了聽得入迷的四、五個小後輩；五月的群花，鬱金香、香豌豆、茺葵蓊、雛罌粟，開滿在斜對面的花圃裡。而頭頂上，朴樹開著雪白、豐滿的大輪花。

說話與聽話的人，像什麼紀念像似地，一動也不動。至於我，則在距離兩公尺的運動場邊的長板凳上，一個人坐著。這就是我的禮儀。是對五月的繁花、光榮的制服與明朗的笑聲的禮儀。

現在，少年英雄比那些崇拜者，更注意起我來了。似乎祇有我一個人，對他的威儀無動於衷，我想我是第一次傷了他的自尊。他向大家問了我的名字，然後叫了初見面的我。

「喂，溝口。」

我不動聲色，定定地盯住他。被我盯住的他的笑容裡，露出像權力者的媚容的神色。

「怎麼不回答？是啞巴嗎？」

「口、口、口、口吃呢。」

崇拜者的一個代我回答。大家仰身打哈哈。所謂嘲笑，是多麼令人昏眩的東西呀。這些同年級少年期特有的殘酷之笑，彷彿彈射亮光的叢葉，燦然可見。

「什麼，口吃嗎？你也不進海機嗎？什麼口吃不口吃，一天就把你治好。」

「不進。我要當和尚。」

我不知道爲什麼，突然明瞭地回答了。文句流暢，與意志配得無差，霎時迸出。大家啞然。少年英雄俯身，抽了旁邊的草莖，啣在口裡。

「嗯，這麼說，過幾年我也要麻煩你啦。」

那一年太平洋戰爭，爆發了。

……這時侯的我，的確產生了一種自覺。那是在黑暗世界裡張開大手而等著的自覺。不久，五月的花、制服、壞心地的級友們，都掉進我張開著的大手裡。自覺到自己在底邊抓住並絞著這世界。……但是這種自覺，作爲少年的榮耀來看，卻稍嫌過重些。

榮耀非更輕、更亮、燦然可見者不可。我要肉眼看得到的東西。我要誰都看得見，知道是我的榮耀的東西。比方說，就像他腰間佩著的短劍。

中學生憧憬著的短劍，不過是美麗的裝飾而已。聽說海軍學生們偷用短劍削鉛筆。故意把莊嚴的象徵用在日常瑣碎的用途上，這是多麼豪爽啊。

不久，機械學校的制服被脫了下來，掛在塗了白漆的木柵上。褲子、白襯衫也掛上。……緊靠著群花，散發著流了汗的少年體臭，蜜蜂把白花花的襯衫誤爲花，停在上面。飾著金邊的軍帽掛在一個柵頭上，正如戴在他頭上的那般端正、眼深。他接受後輩們挑戰，往土俵場角力去了。

被脫下來的那一堆東西，給人一種榮譽之墓的印象。五月的群花，更強調了這感覺。尤其那反射著漆黑亮光的帽舌那旁邊探著的皮帶與短劍，離開了他的肉體，更顯示出一種抒情的美，如同它們本身所回憶的那般完整……看去有如一個年輕英雄的遺物似的。

我確定了旁邊沒有人在，只有角力場一片喧嘩。從口袋裡掏出生鏽的鉛筆刀，偷偷地挨過去，在那漂亮短劍的黑皮鞘的裡側，狠狠地劃了兩三道難看的傷痕。……

……由上面的記述，也許有人立即斷定我是富有詩人氣質的少年。其實到今天，莫說詩，就連日記之類的東西也沒寫過。我缺少一種以別種能力來彌補自己劣於他人的能力，而顯出拔群的衝動。換言之，作爲藝術家，我太傲慢了。我只是夢想著暴君與大藝術家而已，一點也沒有想實際著手去完成什麼的意思。

由於不能令人理解已成爲我的唯一的矜持，所以也沒有露出對事事物物要求理解的衝動表現。我認定命裡註定欠缺能教別人看得到的東西。孤獨像一隻豬那樣地漸漸肥大。

突然我的回憶觸到那件村子裡發生的悲劇事件。這事件實際與我毫無相關，但我總無法消除，確曾參與其事的感覺。

通過那事件，我一舉面對所有現實——面對人生、官能、背叛者、恨與愛、一切的一切。其中所潛在的崇高要素，我的記憶喜歡否定它，忽視它。

距叔父的家不遠的人家裡，有一個美麗的姑娘，名叫有爲子。眼睛大而清澈，家裡富有，頗有依仗權勢的態度。雖然家人前前後後驕慣她，但她卻經常孤獨著，總是一個人若有所思。雖然我料想她還是處女，可是那些嫉妒的女人們，背地裡總私議著像有爲子那樣的，就是石女的面相。

有爲子才從女子學校畢業，就在舞鶴海軍醫院當志願護士。醫院離此不遠，每天騎自行車上班。但她早晨都天一亮就出門，比我們上學的時間還早二小時。

有天晚上，我想著有爲子的肉體，耽溺於暗鬱的空想而始終不能成眠，黑夜裡爬起床，穿上運動鞋，跑出夏夜黎明前的戶外。

想有爲子的肉體，那個晚上並不是第一次。經常激起的思維，漸漸凝固，恰恰像這思念的凝固，有爲子那白皙、富有彈力、籠罩陰影、有體臭的肉體也凝結上來了。我想像接觸那肉體時自己的指頭的熱度。也想過那指頭所受的彈力與花粉似的體香。

我在昏闇的道路筆直地走去。石頭並沒使我的腳顚躓。黑夜自動地在我前面攤開道路。

道路愈來愈寬，終來到志樂村安岡的郊外。那兒有一棵大櫸樹，樹幹因朝露而濡濕。我在樹幹藏起來，等著有爲子從村落裡騎自行車來。

我等著，並沒想做什麼。剛才跑得太喘了，現在停下來休息，這才發現到自己實在不知會幹出些什麼事來。因爲我一向與外界生活無緣，一旦跳進外界，就幻想一切都那麼容易，那麼可能。

蚊子在我腳上刺著，雞鳴此起彼落。我凝視路面，遠處出現了白影。最初以爲是破曉的曙色，原來是有爲子來了。

有爲子好像騎上了自行車。車燈亮了，自行車無聲地滑過來。我從櫸樹背後跳出來，自行車危急地刹住了。

那片刻，我感覺到自己變成化石似的，意志與慾望都僵化了。外界與我的內在世界無關地再一次確切地存在我的周圍。我偷跑出叔叔的家，穿著白運動鞋，在昏闇的路上跑到這櫸樹背後來，只不過把自己的內在世界無休止地帶到這兒來而已。昏闇之中浮出輪廓的屋頂、黑樹影、青葉山的黑山頂、甚至眼前的有爲子，一切都顯得可怕而全無意味。不待我的參與，現實就這樣擺在眼前，而且以我未曾見過的沉重，以及這無意味的龐大漆黑的現實，向我逼來。

一如任何時候的想法，這種場面也許唯有言語才能挽救。其實這是我特有的誤解。需要行動的時候，我都不由自主地注意到言語。因爲我出言困難，這一注意，反而忘了行動。我感到所謂光怪陸離的行動，好像時時都隨伴著光怪陸離的言語。

我什麼也沒看見。但在想像中，有爲子最初感到恐怖，繼而曉得是我，便一直看著我的嘴。大概她在昏闇中，看到無意義地蠕動著的、難看而黑暗的小洞，像野生小動物的污穢而形狀怪異的小巢穴，所以一直盯住我的嘴。而後，證實從那裡頭不能跑出與外界聯結的任何力量時，才放心下來。

「怎麼？裝模作怪的。你這口吃鬼。」

有爲子開口了，這聲音像涼爽的晨風。她鳴了鈴聲，腳踩上踏板，像迴避石頭似地環繞我而過。在明知闃寂無人的遠處田間，有爲子響了幾次嘲笑般的鈴聲遠去了。

——那天晚上，由於有爲子的告狀，她的母親破例地找上我叔叔家。我被平日溫和的叔叔痛罵一頓。我咒詛有爲子，願她早死。幾個月後，這咒詛應驗了。從此，我確信咒詛的靈效了。

睡也好、醒也好，我都祈願有爲子早死，我希望我的屈辱的見證人快快消逝，只要證人不在，那麼我的恥辱便可從地上消滅。其實第三者都是證人，若是沒有旁人，所謂羞恥就不能產生。有爲子的面影在昏闇之中像水一般地光亮著，她那緊盯著我的嘴的目光背後，我看到他人的世界——不但不容許只一人存在，而且成爲我們的共犯、證人的他人的世界。所以他人非全毀滅不可。爲了我眞正能面對太陽，世界非全毀滅不可。……

……

她在告狀的二個月後，有爲子辭了海軍醫院的差事，回到家裡。村裡流傳著種種傳說。這年秋天，那事件發生了。

……做夢也想不到我們村裡會跑來一個海軍逃兵。白天裡，鄉公所來了幾個憲兵。但來了憲兵並不稀奇，所以也沒想到事態如許嚴重。

那是十月末晴朗的一天。我像平常一般地上學校，晚間做完了功課，正該就寢的時刻。正想熄燈，無意間往下面村道一看，大堆的人像狗群般地，只聽得屏息跑步的聲音。我下了樓梯，玄關門口站著一個同學，向起床來的叔父、叔母與我，瞪大眼睛叫著。

「剛剛，對面，有爲子被憲兵逮去了。快去看看吧。」

我穿了木屐跑出去。月色很美，收割後的稻田裡，稻草束鮮明地投下影子。

在叢林的影下，人影聚集著、挪動著。穿著黑洋服的有爲子坐在地面上，臉色慘白。旁邊有四、五個憲兵和她的雙親。一個憲兵將一個便當盒似的東西拿出來，怒吼著。他的父親前前後後地轉著臉，邊向憲兵謝罪，邊責備女兒。母親蹲著啜泣。

我們在隔一塊田的田畦上觀望。圍睹的人愈聚愈多，互相無言地擠著。月亮好像被絞小了，掛在我們頭上。

同學在我耳邊說明著。

有為子拿了便當從家裡跑出去，要到鄰村的時候，被埋伏的憲兵抓住了。那便當確是要送給逃兵的。逃兵與有為子是在海軍醫院裡認識的，後來有為子懷了孕才被趕出醫院。憲兵令她招供逃兵的隱藏處，有為子只是坐在那兒，一步也不動，頑固地保持緘默。……

至於我，一直沒眨眼地瞪住有為子的臉。只見她像被抓住的瘋女。月光下，她的臉一動也不動。

我從來沒看過如許充滿拒絕的臉色。我想我自己的臉是被世界拒絕的臉，但有為子的臉卻是拒絕了世界。月光毫不留情地流瀉在她的額頭、眼睛、鼻樑與頰上，但不動的臉只被月光洗著。只要她稍微動動眼，或動動嘴，那麼被她拒絕的世界，就會以此為信號，從那兒滾進來的吧。

我屏息凝視。那是使歷史在那兒中斷，向未來，向過去，都無任何一言的臉。那種不可思議的臉，我們有時會在剛被鋸倒的樹樁上看到。縱使顏色新鮮而滋潤，但成長已中斷，沐浴的風與日光，突然被曝於本來不屬於自己的世界的橫斷面上，美麗的年輪描出來的不可思議的臉。只是爲了拒絕，而被拋露在這世界裡的臉。……

我不得不想有爲子的臉呈現出這麼美的瞬間，不論在她的生涯裡，或我的生涯裡，也不會有第二次的吧。但其持續的時間，並不如想像的那麼久。這美麗的臉，突然變容了。

有爲子站了起來。我似乎看到那時候她笑了。好像看到月光裡銀白的門牙閃爍著。我無法再詳細描畫這變容。因爲站起來的有爲子的臉，逃出明亮的月華，進入樹影底下。

我沒看清楚有爲子下決心叛逆時的變貌，太可惜了。如果被我看清楚了，那麼我也許會萌生對於人類——包括所有醜惡——寬恕的心。

有爲子指著鄰村的鹿原山麓。

憲兵叫了：

「是金剛院。」

接著，我們像孩子們看祭典那樣地快樂起來。憲兵分手從四方包圍了金剛院，並要求村民的協助。因爲有惡作劇的興趣，我和其他五、六個少年參加了由有爲子引導的第一隊。有爲子被憲兵押著，領頭走在月光的路上，我眞驚訝她那充滿信心的腳步。

金剛院很有名。座落於離安岡十五分鐘步程的山麓，有高丘親王手植的柏樹，與相傳成於一代名匠左甚五郎的優雅的三重塔。夏天裡，我們常到後山的瀑布玩水。

河流的旁邊有本堂的圍牆。破敗的堤上，長滿了蘆葦，白色的蘆花在夜裡也明顯地看得見。本堂的門邊開著山茶花。一行人默默地沿河流走去。

金剛院的堂屋在更高處。渡過木橋，右邊有三重塔；左邊是楓林，那深處聳立著一百零五級長滿蘚苔的石階。因爲石灰石，所以很滑。

要渡過木橋之前，憲兵回頭作手勢，一行人停了腳步。從前聽說這兒有名匠叫運慶湛慶所作的仁王門。從這兒過去，有九十九谷的群山，那就是金剛院的範圍了。

……我們屏息靜待。

憲兵命有爲子一個人先渡過橋去，一會兒我們接著過去。石階的下方罩在黑影裡，中段以上露在月光下。我們在石階下方的黑影裡藏躲起來。已著上顏色的楓葉，在月光裡但見黑漆一片。

石階的上端是金剛院的本殿，左斜面架著迴廊，通到神樂殿的空御堂。那空御堂聳在空中，構造像京都清水的舞臺，許多捆紮的木柱與橫木，從崖下支撐著。御堂與迴殿的支柱，都因受風雨吹打，顯得清癯白瘦，像一根根骨頭。楓葉嫣紅的時候，與這白骨似的建築配起來，顯得很美；但夜裡，處處斑駁的木柱浴著月光，看來既可怕、也優雅。

逃兵可能躲在舞臺上的御堂裡，憲兵想以有爲子爲誘餌來捕獲他。我們這些「證人」躲在陰暗處，屏著氣。十月下旬的冷氣侵襲上來，但我的臉頰火熱。

有爲子一個人爬著一百零五級的石階，瘋女似的得意。……祇有黑色的洋服與黑色的頭髮之間的美麗的蛋臉兒是白的。

月或星，夜雲，或以鐵杉的稜線與天空相接的山，或斑白的月影，或浮白的建築物，這些景物裡，有爲子叛逆的證明之美使我迷醉。她有獨自挺著胸、登上這白石階的資格。那背叛，與星，與月，與鐵杉，都是一樣的東西。亦即與我們這些證人同住在這世界，一同接受這大自然。她代表我們，登上高處。

嘆了一口氣，我不由得想到：

「靠背叛，她終於把我也接受了。從現在起，她就是我的了。」

……事件這東西，會從我們記憶之中的某一個地點失墜。但登上一百零五段蘚苔石級的有爲子，仍在眼前。我覺得她好像永遠在石級上往上爬去。

然而，那以後的她已成了別人。大概是因爲登完石階的有爲子再度背叛了我們的吧。此後的她，既不拒絕這世界，也沒有完全接受它。只委身於愛慾的秩序，爲了一個男人而墮落。

所以我只能像古代石版印刷的情景般地想起。……有爲子渡過迴廊堂呼喚。現出男人的身影，有爲子向他講了什麼。那男人向石階的下方，用手槍射擊。憲兵從石階的中段樹叢裡應戰。男人再度瞄準，向逃往迴廊的有爲子的背後開數槍。有爲子應聲倒下，而後男人的槍口對著自己的太陽穴發射……

——由憲兵開始，大家爭先恐後地跑向兩具屍體，只有我一直在楓影下，縮著身子。白色的木捆縱橫地重疊著，聳立在我頭上。從那上面傳來踏著迴廊的地板的鞋聲。兩三道電筒的燈光透過欄干，亂照在楓樹頂梢。

這事件在我已成遙遠的記憶。鈍感的人們，不流血就不會慌張；但是一旦流血，悲劇已告終了。不知不覺之間我昏昏入睡。醒來一看，被大家遺忘了的我的周圍，小鳥啼轉，朝陽深照楓樹間。白骨的建築物，從底下接受陽光，好像已復活了。靜悄悄地、高傲地，向紅葉的山谷，聳出空御堂。

我站起來，身體發抖，雙手在身上各部擦了擦。只有寒冷留在身內，留下來的只是寒冷而已。

×××

次年的春假，父親以國民服上面披著袈裟的姿態，來訪叔父的家。說要帶我到京都兩三天。父親的肺病已非常嚴重，他的衰弱使我深深吃驚。不只是我，叔父母也反對京都之行，但父親不聽。以後才想到，原來父親是想在有生之年，介紹我認識金閣寺的住持。

當然訪問金閣寺是我長年的夢想。但是，父親縱使強自振作精神，也看得出病重，與這樣的父親同去旅行，畢竟沒那份心情。愈接近還沒見過的金閣，我的心情愈發躊躇起來。無論如何，金閣非美不可。比金閣本身之美更爲重要的，是我曾把那一切下注於我對於金閣之美的想像力。

以一個少年能理解的程度，我也通曉金閣的一切。通常的美術書裡，都這樣地說金閣的歷史。

「足利義滿接受了西園寺家讓出的北山殿後，於此經營了大規模的別墅。其主要建築物有舍利殿、護摩堂、懺法堂、法水院等佛教建築，與宸殿、公卿間、會所、天鏡閣、拱北樓、泉殿、看雪亭等住宅關係的建築。其中舍利殿耗資最大，後世稱之爲金閣。然自何時始稱爲金閣，已無從考據，大約爲應仁之亂後，文明年間，此稱呼已相當普遍。

金閣面臨廣闊的苑池（鏡湖池），三層的樓閣建築，完成於一三九八年（應永五年）前後。一、二層築成寢殿造風，有覆牖。第三層係丈八見方的純粹禪堂佛堂造風，中央置棧唐扉，左右置花瓣窗。屋頂覆檜皮，尖端高舉金銅礦的鳳凰。又，臨池突出反葺屋頂的釣殿，打破全體的單調。屋頂傾斜和緩，軒支疏椏，切木精細，顯得輕快優美，住宅風格的建築配上佛堂風格的調和，可謂庭園建築的佳構，表現了朝廷文化的趣味，也顯出當時的氣氛。

義滿死後，遵其遺命把北山殿改爲禪刹，號鹿苑寺。其建築物三遷四移而終告荒廢，唯獨金閣倖而得存。……」

像夜空的月亮，金閣被作爲黑暗時代的唯一光明的象徵。不過那黑暗確是我夢想的金閣所必要的背景。黑暗之中，美麗紋身的木柱的構造，從裡面放出微光，靜靜地坐著。不管人們對這建築物的評價如何，美麗的金閣必須無言地呈露出細緻的構造，而默默地接受周圍的黑暗。

我也想起屋頂上那長久歲月裡受風雨吹打的金銅鳳凰。這神秘的金色鳥，既不司晨，也不振翅，無疑地連自己是鳥都忘卻。但是以爲牠不會飛是錯的，其他鳥兒飛在空間，而這金鳳凰卻展著輝耀的雙翼，永遠地在時間之中飛行。時間打在牠的羽翼上，打著羽翼，流向後方。爲了飛，鳳凰只要以不動的姿勢，怒目、高舉雙翼、翻展尾羽，把堅硬的雙腳，緊緊地踏住便夠了。

這樣想來，我甚至感覺到金閣本身就是一艘渡過時間之海而來的美麗的船。美術書裡提到的「牆壁少而通風的建築物」，令人想起船的構造，且接臨這複雜的三層屋形船的苑池，正好象徵著海。金閣不知渡過多少黑夜，不知何時才能抵岸的航海。——白天，這不可思議的船若無其事地下了錨，任憑衆人觀看；當夜來臨時，乘周遭的黑暗，讓屋頂帆一般地鼓起來啓碇而去。

我的人生最初碰到的難題，說是美亦不爲過。父親是鄉下樸質的僧侶，語彙貧乏，只教我「像金閣這樣美的東西，這世間再也沒有了」。在我未知的世界裡，已經存在著美，這想法使我感到不滿與焦躁。如果美的確已存在於那兒，那麼我的存在是被美所疏遠的。

然而，金閣對於我而言，絕不是一種觀念。群山雖遠隔，但若想看，便可得見之。同樣地美也是可用手觸摸，可映現在眼裡的東西。種種變化之間，我確實知道並且相信，不變的金閣永遠存在。

有時我感到金閣像是我手中玩賞的精巧工藝品，有時像聳立於天空無限處的巨怪似的伽藍。美是不大不小而適中的想法，少年的我從未如此想過。縱使看到一朵小小的夏花，被朝露弄濕而發出朦朧的微光時，我也覺得像金閣一樣的美。雲在山的那邊湧起，雷聲隆隆而暗淡，只有金邊的閃閃輝耀，這種壯美也令我想起金閣。甚至於看了美人的臉，心中不禁形容她美得像金閣一般。

那次是一趟寂寞凄苦的旅行。舞鶴線從西舞鶴起，在眞倉、上杉等小站上停了停，經綾部，向京都而行。客車污穢，沿保津峽的隧道又多，煤煙毫不留情的擁進車內，那令人窒息的煙，幾次使父親咳嗽起來。

乘客之中，以海軍或與海軍有關的人最多。三等車廂裡，擠滿了前來慰勞下士官、水兵、工兵、海兵團的家屬們。

我看著窗外陰陰沉沉的春日天空。看著父親國民服上披掛著的袈裟，也看著血色很好的下士官們把金釦子蹦開來的胸部，我似乎存在於兩者之間。不久達到役齡，我也會被徵調當兵。但是縱然我當了兵，也懷疑自己是否能像眼前的下士官那樣地忠於職務。總之，我雙腳踏著兩個世界。年輕輕的我，就在醜惡、頑固的腦子裡，意識到父親所掌握的死之世界與年輕人的生之世界，以戰爭爲媒介而連結起來，我也許是這連接的結。

不管走向眼前歧路的那一條，如果我戰死，便知其結局都是一樣的。

我的少年期是一片混濁的灰色。漆闇的世界是我所怕的，但白晝般的明朗生活亦非我所有。

我一邊看護父親的咳嗽，一邊眺望窗外的保津河。河水像化學實驗所用的硫酸銅，呈著近似黑黑的紺青色。每出隧道，保津峽時而遠離鐵路，又時而意外地靠近窗邊，只見它被光滑的岩石包圍著，其中紺青的轆轤慢慢地迴旋著。

這時，父親含羞地解開白米飯糰的便當。

「這可不是黑市米呢。是信徒們的誠意，所以你可以放心吃。」

父親大聲說著，可是那並不算怎麼大的飯糰，父親也只能吃下一個而已。

我總覺得這煤黑古老的火車不可能是朝向京都開去的。我感到這火車是向死的驛站前進的，如此一想，每過隧道時充塞在車廂內的煤煙，彷彿就像是火葬場的味道了。

……儘管如此，但當我站在鹿苑寺大門前時，我的心跳不由得加劇起來。此刻，這世間最美的東西就要呈現於眼前了。

太陽西斜，群山被彩霞包圍著。幾個觀光客跟我們父子前前後後地魚貫而入。門的左方，有圍繞著鐘樓，殘花點點的梅林。

父親站在前面有大櫟樹的玄關前，請求通報。看門的說住持正在會客，要等二三十分鐘。

「趁這時候去看看金閣吧。」父親說。

父親也許是有意要給他的兒子看看他有免費參觀的面子，但是售票口與剪票處的職員，已非十幾年前父親經常來時的熟人了。

「下次再來時，也許又換了人吧。」父親微喟地說道。但是，我感覺出父親已不敢確信有「下次再來」的時候了。

這時，我故意裝出稚氣（我只有在這種演技的場合裡，才顯得天眞稚氣），活潑地跑到最前頭。我日思夜想夢寐求之的金閣，那麼簡單地在眼前抛露全貌。

我站在鏡湖池的外側，夕陽照著池對岸的金閣的正面，漱清殿在左方半隱半現。金閣精緻的投影，疏疏落落地漂浮在水草池面，而且看來這影子顯得更完整。夕陽照射池面的反光，在各層屋簷的裡側搖盪著。比起周圍的明亮，這屋簷裡側的反射出奇地鮮明眩目，像誇張遠近法的一幅繪畫，金閣給人一種盛氣凌人的感覺。

「怎樣，美吧。一樓叫法水院，二樓是潮音洞，三樓叫究竟頂呢。」

父親病弱的薄薄手掌放在我肩頭上。

我變換各種角度，或側頭眺望，並不起任何感動，那不過是古老蒼黑的小建築物而已。頂上的鳳凰像烏鴉，談不上什麼美不美，甚至給人一種不調和、不安定的感受。所謂美這東西，竟然這樣的不美嗎？我想。

如果我是一個謙虛而好用功的少年，那麼在輕易失望之前，必先嘆息自己鑑賞力的薄弱。但是我早先就預期的美，於今突然落空，痛苦也就剝奪了其他所有的反省。

我想金閣也許是隱匿了她的美，化成其他東西也說不定。為了保護自己的美色，而設法瞞騙他人的事情是常有的。所以我非得更接近金閣，除去在我眼裡感到醜惡的障礙，一一地檢視細部，觸到美的核心不可。我既然只相信肉眼可見的美，那麼這種態度是當然的。

我引著父親，恭恭敬敬地上了法水院的側廊。首先，我看了玻璃櫃裡裝著的精巧的金閣模型。這模型頗中我意，倒是這個模型近似我夢想的金閣。如此大金閣裡面裝著小金閣，就像大宇宙中存在著小宇宙，令人想起無限的照應。於是我第一次有了夢想，想像到比這個模型更小更小而且完整的金閣，與無限無限大，大到幾乎能包裹住世界的金閣。

但是我也並不是一直地停留在模型前面，接著父親領我到著名的國寶義滿像前邊。

這木像命名爲「鹿苑院殿道義之像」，係義滿剃髮以後的名號。

那也不過是焦黑奇妙的偶像而已，談不上什麼美感。然後登二樓的潮音洞，看了看天花板上相傳是狩野正信手筆的天人奏樂圖；再登上頂上的究竟頂，看了蒼老的斑駁的金箔痕跡，仍然沒有能引起美感。

我倚著細欄干，茫然下望池面。承受著夕陽殘照，像生了鏽的古銅鏡的鏡面，金閣的影子垂直地投落。水草的綠藻之下，映著黃昏的天空。那天空與頭上的天空不同。那是澄明的充滿寂光的天空，從它的深底處，整個地呑進地上的世界；金閣處在其間，就有如沉落那兒的烏黑而生鏽的金碇。

住持田山道詮和尙是與父親在禪堂結交的朋友。兩人同度三年的禪堂生活，其間起居都在一起。二人同時到相傳也是義滿將軍所建立的相國寺的專門道場，經過庭詰、坐禪的手續而入佛門的。不只如此，直到以後道詮師興致好時才提起，他們不僅是同辛同苦，並且也時常在入寢以後，與父親偷爬土牆，到外邊嫖女人。

我們父子倆看了金閣，再回到本堂的玄關，被引導穿過空蕩蕩的走廊，走向大書院的住持的房間；前面的庭院裡植著著名的陸舟松。

我畏縮地彎著學生服下的膝蓋，僵硬的坐著，父親到這兒突然輕鬆了。父親雖與住持同樣出身，但福相全然不同。父親是又病又衰老，一副貧相，而道詮和尚看來活像個桃色的糕點。桌上，從各方寄來的小包裹、雜誌、書報、信件等等，未開封地堆積如山。和尚肥胖的指頭取過剪刀，打開一個小包裹。

「是從東京寄來的餅干。這個時候兒，這種東西是很稀罕的。商店都沒得賣了，只向軍部或官廳繳貨。」

我們喝著淡茶，吃了這從未吃過的洋餅干似的東西。愈緊張愈叫白粉掉滿嗶嘰褲的膝頭上。

父親與住持對於軍部官僚只重視神社而輕視佛廟，不只輕視甚至壓迫感到憤慨。兩人討論著今後寺廟的經營如何才好。

住持長得胖胖，當然也有皺紋，但每條皺紋，都很乾淨地陷進去。圓圓的臉兒，長長的鼻子，像滴下來的樹脂凝固起來的一般。臉雖如此，但剃光的頭卻有幾分威嚴，似乎全身精力都集中在頭頂，顯得十分的動物性。

父親與住持的話題轉到僧堂時代的回憶。我獨個兒眺望著前庭的陸舟松。那巨松的木幹低垂蟠踞，像船形，但船頭的枝頭高些，高高地齊舉著。已近關門的時間，好像還來了團體的觀光客，從土牆邊傳來金閣那邊的喧嘩聲。那足音、那人聲，被春天黃昏的天空吸進去，聲音漸尖化而不易聽見。足音像潮水似的愈滾愈遠，令人想起人間過客的衆生的足音。我仰視著凝固了殘照的金閣頂上的鳳凰。

「這孩子……」聽到父親的話，我把臉轉過去。黃沉沉的室內，我的將來的命運，從父親那兒移託到道詮師手裡。

「我想我的日子不多了，那時節這孩子可要拜託您……」

「好的，我接受。」道詮師到底沒有講一句空泛的話。

我所驚奇的是他倆關於名僧們之死的逸話的愉快談話。某名僧說著「啊，不想死」而死；某名僧像但丁說道「給我光明」而後死；也有臨終前還計算寺裡的財產。

吃過了叫做藥石粥的晚餐，夜晚決定宿於此。我促請父親再去看一次金閣，因爲月亮已昇起。

父親因爲與住持昂奮的對談了太久，已疲憊不堪，但聽到「金閣」，喘著氣息，扶住我的肩膀出來。

月從山外昇起。金閣從裡側承受月光，靜穆地承受著暗淡而複雜的影子，只有究竟頂的華頭窗牖，悄悄地讓月影滑進。究竟頂四面通空，那淡淡的月光似乎投宿其中。

葦原島深處，夜鳥鳴叫飛翔。我感覺到肩頭上父親瘦小的手頗爲沉重。掉頭一看，突見月光之下，父親的手變爲白骨。

×××

如此給我失望的金閣，回到安岡村之後，在我心中它的美色卻又日甚一日地復甦，甚至比親眼目睹以前更美。我說不出美在那兒，也許是夢想培植的東西，一旦經過現實的修正，反而更刺激了夢想的結果。

我已不再在觸目的風景或事物中，追求金閣的幻影。金閣在我心中更顯深沉、堅固、而實在。那一根根的柱、華頭窗、屋頂、頂上的鳳凰，伸手可觸地浮現在眼前。纖細的細部與複雜的全貌相互照應，正如想起音樂的一小節，全樂章就會自然流露出來一般，只要輕取任何一部分，整個金閣就會響起來。

「地上最美的是金閣，父親這話眞不假。」

第一次在給父親的信中寫道——那次父親把我帶回叔叔家後，就直接回寂寞的岬角的寺裡。

回音的是母親打來的電報，父親咯大量的血過世了。

第二章

因父親的死，我的少年時代也告終。我驚愕於自己的少年時代，簡直缺乏應有的人世間關心。而當我知道自己對父親之死竟也不感悲傷時，我的驚愕無以復加，成爲一種無力的感愧。

趕回家時，父親已橫臥棺中。我所以遲遲而歸是因爲徒步至內浦，由此乘船至成生岬需費一天工夫。快入梅雨的季節，天氣炎熱異常。等我匆匆見過最後一面之後，靈柩便被運到荒涼的岬角，就在海邊火葬。

鄉下寺廟的住持之死，給人異樣的感覺。說來他是地方上精神的中心，是信徒們生涯的保護人，同時也是死後的委託者。現在他卻死於寺裡，宛然予人一種過於忠於職務之感，也令人感到他彷彿是敎人如何死的人，親自表演而失誤致死。

實際上，父親的靈柩好像被安置於準備周到的地方，給人一種過份適得其所的感覺。母親、小僧侶、信徒們在前面哭泣著。小僧侶們那種吞吞吐吐的誦經，似乎仍然依靠著柩中的父親的指示。

父親的臉被埋於初夏的花堆中，花還活生生地，幾乎使人害怕。群花彷彿引頸探望著井底。那是因為死人的臉，從本來存在著生命的臉的表面上，陷進無限的深淵，只留下面貌像我們的面具一樣的東西；而生命已落在無法再度拉上來的井底深處。所謂物質，是如何地遠離我們而存在；而其存在的方法，又如何地令我們不可及——沒有比死臉更如實地告訴我們這些了。由於精神因死而變成物質，我才第一次接觸到那種局面，此刻，我終於徐徐地領悟到為什麼五月的花，還有太陽、桌子、校舍、鉛筆等，……這些物質會對我那麼冷漠，距離我那麼遠。

母親與信徒們看守著我與父親最後的見面。但是我頑固的心裡，根本沒接受這個詞兒在活人世界裡所具有的暗示。什麼「見面」不「見面」，我只是在看父親的死臉而已。屍首只是供人看。我只是看它。所謂「看」，平時並沒意識到什麼，但此刻卻能證明那是生者的權利，同時也是殘酷的表示，對我而言，眞是新鮮的體驗。不曾大聲歌唱，也不曾邊跑的少年，就這樣，學會了確證自己的生存。

平時卑怯的我，此刻卻不恥於把沒沾上眼淚的明朗的臉龐轉向信徒們。寺座落於臨海的崖上。弔客們的背後，日本海的遠處，充塞了湧起的夏雲。

開始起龕的誦經，我也參加其間。本堂已暗，繫在柱上的幡旗，內堂橫木的垂幔、香爐或花瓶之類，被燈光照得閃閃爍爍。偶而海風吹來，使我穿著的孝服的衣袖鼓起來。我看著經的眼角上，不時感到刻上了強烈光芒的夏雲的姿影。

不斷侵襲我側臉的嚴酷強光。那輝耀的侮蔑……

——葬列再一二段路程就到火葬場時，突然下了大雨。碰巧走到一家好心的信徒家門前，所以靈柩得以暫時避雨。雨下個不停，葬列非前進不可，只好準備大家的雨具，棺材蓋上油紙，繼續前進。

那是朝村落突出的岬角，海邊全是小石子。聽說在那兒燃燒，煙氣飛不到村裡，所以很早就被當作火葬場。

那岩岸的波濤特別兇猛。那波濤高漲而破碎之際，雨箭不斷地刺進去。沒有光澤的雨箭不停地貫穿海面。但偶而海風吹來，就把雨一掃而吹到荒涼的岩壁上，白色的岩壁就像被噴上墨汁似地即時變黑了。

我們通過隧道，力夫們一面準備火葬，一面在隧洞中避雨。

海景什麼也看不到。只有波浪，濡濕的黑岩與雨，洒了油的棺木，顯出鮮艷的樹肌。雨仍然吹打著。

火已點燃。雖是配給的油，但爲了住持之死，特地準備了許多，所以火焰勝過雨勢，發出劈劈拍拍的鞭打般的聲音。晝間的火焰，雖冒出許多煙，但本身還是透明可見。黑煙漸漸脹開而重疊，慢慢地吹向崖邊。間或於雨中，只有火焰以端麗的姿態昇上來。

突然，傳來一聲恐怖的物體碎裂聲音。柩蓋跳起來。

我看了看在旁的母親。母親兩手握著串珠站著，那臉孔僵硬，像可握在掌中的那麼凝固，那麼小。

遵照父親的遺言，我上了京都，當金閣寺的徒弟去了。由住持爲我「束度」。學費由住持供給，但我得充當洒掃工作並照應住持身邊的瑣事。與在家人的所謂書僮是一樣的。

進了寺，立即注意到是寮頭被徵去當兵了，寺裡剩下來的，只有老頭子與少年。來了這兒，我的心情豁然開達，不像以前在中學裡經常被嘲弄說是出家人兒子，因爲在此地全是同類。只是我帶口吃，面貌也比大家稍稍醜陋。

自從東舞鶴中學輟學以後，由於田中道詮和尙的保薦，即將轉入臨濟學院中學，還有個把月秋學期就要開始了。但學校一開學，我知道每個人都得被「勤勞動員」而派到工庫裡去。現在擺在我面前的，只剩下數週的暑假停留於這新環境。服喪中的暑假——

昭和十九年的戰爭末期裡不可思議地寂靜的暑假。……寺裡的生活過得很規律，但我意識到那是最後而絕對性的休假。那蟬聲多刺耳。

……一別數個月的金閣，在晚夏的光耀裡，看來多沉靜。

我的頭被剃得青光光的。那種空氣緊貼著頭皮的感覺，那也是自己腦中的想法，僅隔一層薄薄、敏感而容易擦傷的皮膚和外界物象接觸的一種奇妙而危險的感覺。

以這樣的頭去看金閣，那麼金閣不只是我眼底的映像，而且還有由頭頂上滲透進來般的感受。那個頭受日晒而變熱，招夕風而變涼。

「金閣呀，好容易才來到妳身邊住下來啦。」我有時會停下手中的掃帚，心裡喃喃自語：「不必現在也沒關係，什麼時候請妳向我表示一下親密，也告訴我，妳的秘密吧。妳的美，彷彿再一點兒就可以看得到的，但目前還是無從捉摸。讓我看看妳的美畢竟比我心象的金閣更明確更美吧。或者，妳果眞是世間無比的美，那麼請告訴我，妳爲什麼非那麼美不可呢？」

那個夏天的金閣，以接連傳來的戰爭的凶耗爲營養，似乎愈益顯得光輝燦爛。六月裡，美軍登陸塞班島，聯軍馳騁於諾曼地。參拜者的人數劇減，而金閣卻似乎在享受著這孤獨、這靜寂。

戰亂與不安、堆積的屍體與成渠的血流，這些營養了金閣之美是很自然的。本來金閣就是建造於不安之上的建築物，她以一個將軍爲中心，而由許多懷抱著暗淡的心的人們策劃建築而成的。美術家們只能看出樣式的折衷的這三層的零零散散設計，乃是探尋使不安結晶的樣式而自然形成這個模樣的。如果她被建造於一種安定的樣式之上，那麼金閣就無法包攝不安的世界，而必然早就崩潰了吧。

……然而，幾次停下手中的掃帚仰望金閣，我不得不對金閣存在於那裡感到不可思議了。前些時候，與父親同訪金閣時，並沒有這種感受，而從今以後漫長的歲月裡，金閣將隨時呈現在我眼前，這看來是令人難以置信的事。

在舞鶴的時候，只覺得金閣是恆常地存在於京都的一角的，但一旦在這兒住下來，金閣似乎只限於在我瞧看時才出現，而夜裡在本堂睡覺時，金閣是不存在的，爲此，我一天要去眺望金閣幾次，弄得朋輩常把我當笑柄。不論我看了幾多次，金閣的存在總不禁令我感到不可思議，但眺望之後，返回本堂時，總覺得若猛一回頭再看，彷彿就會像 Eurydike 女神似的，突然消逝無踪。

現在，我打掃完了金閣周邊，爲了暫避一下暑熱漸加的朝日，進到後山，登上朝向夕佳亭的小徑。是開園前的時刻，看不到人影。大概是舞鶴的航空隊吧，一隊戰鬥機，低空掠過金閣的上頭，留下壓迫的轟然之聲而去。

後山裡，有一口覆滿浮萍的寂寞的池泊，叫安民澤的，池中有小島，立著一幢叫白蛇塚的六重石塔。那周遭的清晨，鳥語啁啾，卻不見鳥影，宛若整個森林在囀叫。

池前夏草繁茂，小徑邊以低低的木栅劃分草地。那邊有個著白衫的少年躺臥著，身旁的矮楓樹邊靠著一把竹耙。

少年起身，好像要撥開夏晨中漂來的潮濕空氣似的，看到我，叫著：「噢，是你啊！」

那少年叫鶴川，是昨夜剛被介紹認識的。鶴川的家在東京近郊的富裕的寺裡，學費、零用錢或食糧什麼的，都充足地由家裡寄來。只爲了讓他體味當徒弟的修業生活，靠著住持的關係，把他送到這兒來的。他暑假歸省之後，提前於昨夜回來。

站在岸邊操著東京腔的鶴川，秋學期起預定在臨濟學院中學與我同級就讀。他那滔滔又快活的談吐，昨夜已令我畏戒幾分了。此刻，突被叫住，我的嘴巴又啞然了。但我的無言，倒似乎被解釋爲一種對他的責備。

「算了罷，何必那麼認眞地打掃？反正遊客一到立刻就被弄髒的，再說遊客也是極少的。」

我微微一笑。我這種無意識中露出來的笑，對於某些人而言，有時會成爲親近感的種子。就這樣，我總不能對自己所給人印象的細節負責。

我跨過木柵，在鶴川的旁邊坐下來。鶴川還躺臥著，他那擱在頭上的手臂，外側被太陽晒得通紅，但內側卻皙白得可透視靜脈。從樹葉透過來的晨光，把草地的淡綠影子散撥在四處。直覺地，我知道鶴川恐怕不會像我一般的愛上金閣。因爲我不知道在什麼時候把對金閣的偏愛，當作是由於自己的醜陋使然。

「聽說你父親已去世了。」

「嗯。」

鶴川瞬時瞪大了眼珠，露出少年特有的熱中於推想的神情，說：

「你會那樣喜愛金閣，就是因爲看了她就想起父親的緣故嗎？比方說，你父親也曾經愛過金閣，就是這緣故嗎？」

對於這猜中了一半的推理，我臉上毫無感動的樣子。我感到自己外表能不顯出任何變化而暗暗自喜。鶴川像喜歡製作昆蟲標本的少年，把人類的感情分門別類地收藏在斗室中精巧的小抽屜裡，時時取出而實地檢視玩味，鶴川像是有這種興趣。

「父親的去世，很使你悲傷吧。所以你看來有些寂寞，昨夜初見面時就感覺到了。」

我並未感到任何反感，被這麼一說，我倒是由對方的這種感想獲得了某種安心與自由，話便脫口而出。

「有什麼可悲傷的。」

「哦，這麼一說，你是憎恨你的父親的了？至少可以說討厭吧？」

鶴川張開那長得有點麻煩似的睫毛，望著我。

「沒生氣，也不討厭。」

「那又爲什麼不悲傷呢？」

「不知道爲什麼。」

「我眞不明白。」鶴川碰了難題，在草地上坐直了起來。「那麼，是有了其他更悲傷的事囉。」

「我不知道。」

我說。說過以後，我反省了一下爲什麼喜歡給人發問。這些對我本身而言，是沒有什麼疑問的，因爲這些都是很明白的事理。原來我的感情裡也有口吃的。我的感情隨時都沒法趕得上。結果，父親的死與悲傷的感情，成了個別的，各自孤立的，既不能相互結合、也不能相互侵犯。稍稍一點兒時間的隔離、一點兒的差遲，常使我的感情與事件弄得散散落落、也許是本質上的散散落落的狀態。若果我會有什麼悲傷的話，也許那與任何事件或動機都無關係，只是突發地、毫無理由地向我侵襲而來的。……

依然如故地，我又無法把這一切向眼前的新朋友說個一清二楚。鶴川終於笑了出來。

「喲，你眞有點兒怪哩。」

他的白襯衣的腹部起了波紋，那葉縫裡露下的流動的陽光叫我感到幸福。像這傢伙的襯衣的縐紋，我的人生也激起了縐紋。但是這襯衣又何其光亮呵，當那縐紋激起的當兒。說不定我也……？

置俗世於一旁，禪寺依禪寺的規律而活動。因爲是夏天，所以每天早晨至遲也得五時起床。他們稱起床叫「開定」。起來之後立刻開始晨課的讀經。所謂「三時回向」就是說誦讀三回。之後，打掃房屋、抹桌椅。然後是早餐的「粥座」。

粥有十利
饒益行人
果報無邊
究竟常樂

誦了粥座的經，這才領粥。吃過後，就做些除草、掃庭院、劈柴等雜務。如果學校一開學，那麼這個時間就得上學去了。放學回來，剛趕上「藥石」。以後偶爾由住持講經義，九時「開枕」，也就是就寢了。

我的日課大概就是這樣，而廚房的典庭（廚僧）響了鈴聲，便是每日我醒眼的信號。

金閣寺即鹿苑寺裡，本來該有十二、三個人的，只因被徵用或應召，留下了一個七十幾歲的招待員兼管理員、一個年近六十的炊事婦之外，還有幹事、副幹事加上我們徒弟三人而已。老人們長了薛苔已成半死，少年們還是小孩子。幹事也叫副司，會計的工作就叫他夠受的。

幾天以後，我被派上送報到住持（我們稱他爲老師）房間裡去的差事。報紙來的時候大約在晨課完畢、洒掃完了的時候。僅僅數個人，要擦拭三十幾間房子的走廊，當然工作也就馬馬虎虎了。在玄關取了報紙，通過會客室的前廊，再繞過客殿的背後，橫過間廊，到了老師的大書院。這段長長的走廊，因爲在打掃的時候往往提著半桶水像洒水似的擦拭過去，所以地板的凹處積了水，在朝陽中閃閃發光，甚至把我的足踝都弄濕了。因爲是夏天，倒覺得很舒服。但得跪在老師的房間的紙門外，出聲叫：

「拜託老師。」

「嗯。」

聽到應聲到進房間之前，趕快用僧衣的裾角擦乾沾濕了的腳，這是朋輩們教我的竅門。

在走廊急步的我，一邊嗅著那散放出俗世鮮烈味道的印油氣味，一邊偷偷兒地看了眼新聞大標題。我讀到了「帝都空襲不可避免嗎？」的標題。

種種奇妙的感覺都有過，只是從不曾把金閣與空襲聯想在一起。塞班島已失陷，本土空襲勢將難免，京都市的一部分也開始強制疏散，縱然如此，那半永久存在的金閣與空襲的災禍，在我仍不過是各個存在而不相干的東西。金剛不破的金閣與那科學的火，是全然異質的兩種東西，這是無可置疑的，即使相碰在一起，也會巧妙地擦身而過，但是不久，金閣可能被空襲的火燒個精光也說不定。這樣下去，金閣將成灰燼倒是無可置疑的。

這念頭在我的心裡產生之後，卻再一次增加了金閣本身的悲劇性美感。

那是學校開學的前一天，也是這個夏天最後的一個下午。住持帶了副執事應某地方的邀請，做法事去了。鶴川邀我看電影去，但我不想去，他也就立刻變得不想去了。鶴川就是這種性子的人。

我們倆請了幾小時的休假，穿上卡其褲、打上綁腿、戴了臨濟學院中學的制帽，出了本堂。酷熱的夏日，觀光客一個也沒有。

「哪兒去？」

我告訴他，在上那兒去以前，先去把金閣看個痛快，從明天起的，這個時刻已無法看金閣了，再說如果我們上工場不在寺裡的當兒，金閣被空襲而燒掉也說不定。

我吞吞吐吐地陳述時，鶴川驚異而焦灼地聽著。我講完了這一段話之後，覺得像講了什麼羞恥的話，滿臉流出了汗。能夠把我對金閣的異樣執著公開表明的對象，只有鶴川一個人。但是聽我說話的鶴川的表情，仍然祇有那些一心想聽清楚我的口音的人一樣的，我所看慣了的焦躁感而已。

我畢竟碰上這種臉面。當我告白重要的秘密時、當我傾訴美的感動時、當我把自己的內臟取出展示時，我所碰到的畢竟是這種臉孔。人們平時並不以這種臉孔對人，這種臉不由分說地、忠實地把我滑稽的焦躁感源源本本地反映出來，可說成爲我可怖的鏡子了。不論任何漂亮的臉孔，在那當兒都變得和我完全一樣的醜惡了。看了那臉孔，剎那間我想表現的重要事情，都顯得和瓦片一樣的無價值了。

夏天的日光猛烈地直射著鶴川和我。鶴川的嫩臉兒油光閃爍，油光之中，睫毛一根根地燃起金色，鼻孔蒸散著熱氣，等著我把話講完。

我的話講完了。講過之後，同時地惱怒起來。因爲鶴川從第一次見面起到現在，從沒一次取笑我的口吃。

「怎麼？」

我詰問他。我已再三說過，嘲笑或侮蔑都比同情來得叫人舒服。

鶴川浮起溫柔無比的微笑，說：

「但是我，對這種事，一點也不在乎的。」

我愕然。在鄉下粗野的環境裡長大的我，一點兒也不懂這種溫柔。鶴川的溫柔告訴了我：從我的存在之中除去了口吃，仍然還是我。

我深深地體味到被剝得精光的快感。鶴川那被長長睫毛繞著的眼睛，濾掉了我的口吃，容受了我。因爲在這以前的我，是那麼奇異地相信著，如果有人忽視了我的口吃，那也就是等於抹殺了我的存在。

我感覺到感情的和諧與幸福。那時候看到的金閣的情景，毫無疑問的將令我永生不忘。我們倆兒偷偷地通過正在打盹的老管理員的前面，沿著沒有人影的水溝邊的通道，來到金閣的前邊。

……那情景猶歷歷在目。鏡湖池邊上有兩個打著綁腿、穿上白襯衣的少年並肩站著。少年的前面，金閣毫無阻隔的存在著。

最後的夏日，最後的暑假，那最後的一天……我們的青春，佇立於眩目的尖端，金閣也一樣地佇立於尖端，面對著，對話著。空襲的期待，如此地使我們與金閣接近。晚夏悄然的日光，在究竟頂上貼上金箔，直洒下來的亮光，反使金閣的內部充塞了像夜一般的闇淡。前此這建築物的不朽的時光壓著我、隔離著我，但不久將被燒夷彈的火焰燒掉的命運，此刻卻慢慢地挪近我們的命運。金閣說不定比我們先毀滅。如此一想，倒覺得金閣與我們同一生命而活下去似的。

環繞著金閣的紅松遍佈的群山，被蟬聲包圍著。像無數看不見形影的僧侶們誦著消災咒似地。

這美麗的東西不久將成灰燼，我想。如此一來，心象的金閣和現實的金閣，就像把透過繪絹而描出來的畫跟原來的畫重疊上去似地，徐徐地每個細部都吻合上去，屋頂流下池中的淸泉同淸泉、潮音洞的勾欄同勾欄、究竟頂的花頭窗同花頭窗重疊上去了。金閣再也不是不動的建築物了。那是所謂現象界的無常的象徵化了。這麼一想，現實的金閣，也就和心象的金閣一樣地美了。

明天說不定火從天降，那細腰的柱、那屋頂優雅的曲線將化成灰燼，再也看不到它了。但是眼前細緻的姿態，沐浴著夏日火焰般的光，顯得自若的樣子。

山頂上，高聳著像當年父親大殮誦經時，在我眼角浮上來的夏雲。那雲湛著鬱積的光，俯視這纖細的建築物。金閣在這強烈的春夏的日照之下，失去了精細部分的趣味，只見內部被陰冷冷的闇彩籠罩著，神秘的輪廓摒拒著周遭煌煌的世界。那頂端的鳳凰，爲了免被太陽撼動，伸出尖銳的爪，緊緊抓住座臺。

鶴川不耐煩於我的長久凝視，拾起腳下的石子，裝出老練的投手的樣子，投向鏡湖池裡金閣的倒影正中。

波紋擠著水面的萍藻，倏忽間，美麗精緻的建築物崩潰了。

×　×　×

從那時候到停戰的一年之間，是我與金閣最親密、關心她的安全、耽溺於她的美的時期。寧可說，那是我能夠把金閣拉下，復得與我同等高度的假定之下，毫無畏縮地去愛金閣的時期。

在這世上，我與金閣有著共通的危難，這事實激勵我。我找到了讓美與我結合的媒介。我感到一向拒絕我、疏遠我的東西之間，有一道橋樑懸掛著。

燒毀我的火也將燒毀金閣的念頭，眞把我迷醉了。在同樣的災禍、同樣的不吉之火的命運之下，金閣和我的各別世界卻變得屬於同一次元的世界了。與我脆弱、醜惡的肉體一樣的，金閣雖然堅硬，卻是易燃的炭素體。這麼一想，像逃亡中的盜賊把高貴的寶石嚥進肚子裡藏匿起來似的，我也覺得在我的肉體裡、我的組織裡，可以把金閣隱匿起來帶著逃走。

請想想，那一年間，我不習經，也不讀書，每天每天都是上修身課、教練課與武道課，或做工場的工，或當強制疏散的助手。我好夢想的性格被助長，托戰爭的福，人生遠離我而去，戰爭對我們少年而言，是一個夢般無實質而倉皇的體驗，像從人生的意義中被遮斷了的隔離病室似的東西。

昭和十九年的十一月裡，B29初次轟炸東京的當兒，大家都想京都也可能於明天受到空襲。京都全市被火包住的情景，是我所偷偷夢想的。這個都城由於過份地想把古老的東西原原本本地保存著，致使許多的神社佛閣都遺忘了曾經從中發生過灼熱之灰的記憶。只要想像應仁時代的大亂如何地把這都城荒廢，我便覺得由於京都遺忘了戰火的不安已太久太久了，因而失去了幾分的美。

明天，金閣終於會付之一炬吧。充塞於空間的那個形態將失去的吧。……那時侯，頂端的鳳凰將像不死鳥一般地復活而飛去吧。被縛住於形態的金閣，亦將飄飄然離碇而到處出現，在湖面上，還有在暗墨的海潮上，滴著微光漂盪而去。……

等著等著，京都還有沒有被空襲所顧。翌年三月九日，聽到東京的下街一帶成了一片火海的消息，但災禍離此甚遠，京都上空仍只是一片澄淸的早春。

我半絕望地等著，這早春的天空，正像輝煌的玻璃窗似地，雖看不到內部但卻相信內部隱藏著火與破滅。如同前面所述，我對於人世間的關心非常稀薄。父親之死，母親之貧困，幾乎未曾左右過我的內在生活。我夢想著的只有災禍、大破局、慘絕人寰的悲劇，把人類、物質、醜的、美的，一切的一切都壓碎於同一條件下的巨大的天之壓榨機。再不然就想著那早春天空的燦光像覆蓋著大地的巨斧輝耀著刃鋒的寒光。我只等待著它的落下，等著它在不及令人思索的片刻之間迅速地落下。

至今我還覺得不可思議。本來我並未被灰色思想所拘囿。我所關心的，附在我身上的難題，就只有美而已。但是戰爭對我的作用，並沒令我抱著灰色思想。只要窮究推思美的問題，人們便不知不覺地會碰上世上最黑暗的思想。人類大概就是這樣子的。

想起戰爭末期的京都的一段插話，那幾乎難以令人置信的，但目擊者不只我一人。

我的旁邊還有鶴川。

停電日的一天，我和鶴川一起到南禪寺去。我還沒有去過那裡，我們橫過大馬路，渡過跨在棧軌的木橋。

五月晴朗的天氣，棧軌不再使用，拉船上坡的鐵軌長了鏽，雜草幾乎全掩埋了它。那雜草中白碎的十字形花在風裡戰慄著。水污積淤到棧軌的斜面，浸濕了這邊岸上的葉櫻樹的倒影。

我們佇立在小橋上，毫無意義地眺望著水面。戰爭中種種的回憶裡，這種短短無意義的時間，卻留下鮮明的印象。無所用心的短暫時間，就像偶爾在雲間望到青空似的，處處殘留著。這種時間，竟和極度快樂的記憶一樣地鮮明，眞是不可思議。

「好極了。」

我又是毫無意味的微笑說。

「嗯。」

鶴川也看著我微笑了。兩個人深深地感到這兩三小時是眞正屬於我們自己的時間。

碎石的大道延伸著，路旁有沖著美麗水草、清冽急流的水溝。不久，有名的山門便聳立在眼前了。

寺內到處不見人影。新綠之中許多小寺的屋瓦，像巨大鏽銀色的書覆蓋著，秀美極了。戰爭這東西，於這一瞬間又算什麼呢。我覺得在某個地方，某個時間裡，戰爭只不過是存在於人類意識中的奇怪的精神上的事件而已。

大盜石川五右衛門曾跨腿於樓上的欄干，欣賞滿目的花，那大概就是這座山門吧。我們雖然孩子氣地迎接葉櫻的季節，但也頗想同五右衛門一樣的姿態眺望這景色。買了極爲便宜的門票，登上木色變成漆黑的急斜階梯。登到終點的舞場時，鶴川的頭撞了低低的天花板。我正取笑他時，不意自己也碰上了。兩人再繞了一圈爬上階梯，出到樓頂。

從洞穴似的狹窄階梯裡，忽然置身於廣大的景觀前的緊張，叫人感到愉快。葉櫻或松林的眺望，對面蟠據在群屋那邊的平安神宮的森林的眺望，京都市街盡頭的朦朧嵐山、北方的貴船、箕裡、金羅毘等群峰的佇立，把這一切享受夠了之後，才像個寺裡的徒弟的樣子，脫了鞋子，必恭必敬地進了堂屋裡。暗暗的御堂裡，鋪著二十四蓆的他他米，釋迦像供在中央，十六羅漢的金色瞳孔在黑暗中閃光。這兒是五鳳樓。

南禪寺雖同屬臨濟宗，但與相國寺的金閣寺不屬同派，它是南禪寺派的大本山。我們就在同宗異派的寺裡。此刻我們卻和普通的中學生一樣，手拿著說明書，四處看著完成於狩野探幽守信和佐法眼德悅手筆的鮮艷的天花板畫。

天花板的一邊描畫了飛翔的女人與吹奏琵琶和笛子的畫。另一邊的天花板畫著手捧白牡丹而展翅飛翔的迦陵頻伽像。那是住在天竺雪山中能發妙音的鳥，上半身是婀娜的女人身，下半身則爲鳥。而中央的天花板上，描著金閣頂上的友鳥，不過與那威嚴的金色之鳥完全不相像，是華麗的彩虹一般的鳳凰。

在釋尊的像前，我們下跪合掌。出了御堂，但不想離樓上而下去。我們便依靠著爬上來的階梯邊望南的勾欄。我感覺到隨處都有美麗而細小的彩色漩渦般的東西。我以爲那是剛才看過的天花板畫的絢麗彩色的殘影吧。凝集了豐富色彩的感覺，如同迦陵頻伽似的鳥兒，隱棲在一片的嫩葉或松綠之中，從隙縫間露出華麗的羽翼。

其實不然。在我們的眼底下，隔一條路是天授庵。靜靜地植了矮木的樸級庭院，四角形的石頭，角接角地舖成一條曲徑，通過曲徑可達敞開著的客廳中可看到棚架。那兒通常擺設茶几，常常作爲出租的茶席，舖著纅缸毛氈，鮮艷奪目。一個年輕女人坐著，映入我眼簾的就是那個。

戰爭中看到這種豪華的長袖的女人姿態是絕無僅有的。以這種裝飾出了家門，半路上不被責罵而折返回去才怪哩。那長袖就是那般地華美。細小的花紋雖然看不見，但水綠底襯出的花兒與縫折之處卻顯然可辨，腰帶上金絲閃光，誇張一點說，它使周遭光輝燦爛。年輕女人端坐著，那白皙的側臉有如浮雕，令人懷疑那是否活著的女人。我極度地口吃說：

「那，到底，是活的嗎？」

「我也正這麼想，像囡囡呀。」

鶴川胸部壓著勾欄，目光不離目標的回答。那當兒，一個穿軍服的年輕陸軍軍官出現了。他禮儀端莊地坐在女人的一、二尺前面，正對女人。片刻之間二人對坐無言。

女人站了起來。靜悄悄地消失於暗闇的廊下。一會兒，女人捧著茶碗，在微風中輕擺裾角走回來。在男人的面前奉了茶。一如茶道的禮法奉了薄茶之後，回到原位坐下。男人開口講了什麼，男人並沒有喝茶。那時間令人感到異樣的長、異樣的緊張。女人深深地垂下頭。

令人難以置信的事情發生了。女人保持著端正的姿勢，突然解開衣領。我的耳朵裡幾乎可以聽到那堅硬的衣帶裡抽出細絹的聲音。白白的胸脯露出來了，我吞了一口氣。女人坦然地用自己的手捧出一邊白晰豐滿的乳房。

士官捧上深暗色的茶碗，膝行向女人面前去。女人用雙手揉起乳房。

我不能說看到了，但暗色的茶碗裡起了泡的鶯色茶中，迸注白色微溫的奶，而後滴滴淌下，靜寂的茶上面起了白色混濁的水泡，似乎清清楚楚地呈現在眼前。

男人舉起茶碗，把那不可思議的茶一飲而盡。女人的白胸隱藏了。

我們兩人僵硬著背脊看得入迷。後來順次推思，可能那是懷了軍官的孕的女人，與就要出陣的愛人的離別儀式吧。但是那當兒的感動，拒絕了任何解釋。由於過份的瞪視，以致無暇顧及男女幾時離席而去，猛然一醒只見留下來的寬廣的緋毛氈。

我看到了白色側面的浮雕與無以倫比的白胸。女人離去之後，那一天剩下的時光、還有翌日、翌翌日，我都執拗地想著，那女人的確是復活了的有爲子。

第三章

父親的周年忌日到了，我母親想出了一件奇異的事。因爲勤勞動員中，歸鄉不易，母親便親自帶了父親的靈牌上京來了，想請田山道詮和尙給舊友的忌日誦經，哪怕是僅僅數分鐘也好。本來就沒有錢，只憑過去的情份給和尙寫了一封信。和尙承諾了，並且還轉告了我。

聽了那消息，我並沒有多少喜悅。我一直故意沒提到母親的事情，是有原因的。因爲我不想多觸到母親的事情。

關於某一件事，我未曾責備過母親，也未曾開口提到。母親或許也不曾注意到我知道了那樁事。但是自從那以後，我的心就不能饒恕母親了。

那是東舞鶴中學入學以後，我寄養在叔父家裡，第一學年的暑假第一次歸省時所發生的事情。那個與母親有親屬關係的叫做倉井的男人，在大阪事業失敗之後，回到成生來，但擁有房屋的妻子不讓他進家門。不得已在事情稍寧息之前，倉井寄寓到父親的寺裡來。

我們寺裡的蚊帳爲數極少。母親和我同患結核病的父親在一頂蚊帳裡睡覺，所幸我們都不曾感染。現在更加上了倉井。夏天深夜裡我聽到沿著庭樹，傳來了短促嗚聲，蟬兒飛動著。大概那聲音吵醒了我。潮聲漸高，海風掀起蚊帳的青黃色的裾角。蚊帳鼓脹起來，濾過了風，不情願似地搖動著。所以被吹起的蚊帳的形狀，並不是風的忠實形狀，風一微弱，便沒了稜角。像竹葉似的在他他米上磨擦的聲音，是蚊帳的裾角所發出的聲音。但是沒有風吹時也傳來了蚊帳的搖動。比風更微細的搖動，漣漪似地在整個蚊帳中擴展的搖動，使粗糙的布料緊地抽搐著，由內側看到的大蚊帳的一面，像不安的漲了潮的湖面。是湖上遠處的船所激起的波浪，或者已經駛過的船所留下的餘波的遠遠反映……。

我害怕地朝向起源處看去。我向那黑暗裡睜開著的眼珠，彷彿被鑽子刺了似的。

四個人是過於擁擠的蚊帳裡，睡在父親身旁的我，身子翻過來翻過去，不知不覺間把父親壓在一角。而我與我所看到的東西之間，隔著起縐的白墊被，我的背後，弓著身子而睡的父親的呼吸打在我的衣領上。

我發現到父親醒著，乃是由於他那竭力抑制咳嗽的呼吸不規則地跳躍起來，觸了我的背的緣故。就在這時，突然地，十三歲的我的睜著的眼前，有一個巨大而溫暖的東西覆上來，使我變瞎了。我立刻明白了，那是父親的雙掌由背後伸過來，蒙了我的眼睛。

直到現在那手掌的記憶還活著。那是無從比擬的龐大手掌。那是由背後迴繞過來，把我看到的地獄在瞬刻之間從我眼底遮去的手掌。是另一世界的手掌。愛嗎？慈悲嗎？或者由屈辱而來，這我不知道，但把我接觸到的恐怖世界，立即中斷並且葬在暗闇之中了。

我在那掌中輕輕頷首。諒解與同意即刻從我頷首的小臉兒被察覺，父親的手掌放開了。……而我依著手掌的命令，手掌放開之後，失眠之晨已亮，直到眩目的外光透過眼瞼，我還頑強的閉著眼睛。

——請想起後來，父親出殯的時候，我急著要看那死臉，卻沒有淌過一滴眼淚。也請想起，與父親之死同時，我也從掌的羈絆中解放出來。我只管看著父親的臉，藉此以確定了自己的生命。我對於那世間所稱之爲愛情的手掌，從未忘記如此一絲不苟的復仇。但對於父親，我終未想到復仇，除了不能饒恕那樁記憶之外。

……忌日的前一天，母親來金閣寺宿一夜。住持還爲我寫了一封信，使我能在忌日當天，也向學校請假。我們的勤勞動員是通勤的，我爲回鹿苑寺而感到心情沉重。

持有透明、單純的心的鶴川，爲我與久別的母親會面而高興，寺裡的朋輩們也都抱著好奇心。我憎惡貧困而看來寒傖的母親。我苦於無法把自己不喜歡與母親會面的事，向親切的鶴川說明。而他在工場一下工便匆匆地握住我的臂膀說：

「來，跑步回去吧。」

如果我說完全不願與母親會面，那便有點誇張了。我並不是不懷念母親，只是我厭倦於面對母親的露骨的愛情的流露，也許是爲了那種討厭，所以才找了種種的藉口也說不定，這是我的壞性格。把一種率直的感情，用種種的藉口使之正當化，這還算好，有時自己的腦袋裡編出的無數藉口，強迫我懷抱連自己都料想不到的感情。那種感情，本來不是我所有的。

但是，我的嫌惡倒是有著某種正確性的，那是因爲我自身就是可嫌惡的人。

「跑又有啥用。累死人啦，拖著步子回去就行。」

「那是要叫你母親同情，好撒嬌的吧。」

鶴川一向如此，是我的充滿誤解的解說者。但他對我而言，一點也不覺得煩厭，是必要的人物。他是我心中善意的通譯者，能把我的言語翻譯成現世的言語的唯一的朋友。

是啦。有時覺得鶴川像那能化鉛爲金的鍊金術師。我是相片的陰畫，他是相片的陽畫。只要被他的心濾過，我的混濁的感情，便毫不遺留地變成透明，放出光亮的感情。我驚奇地看過多少次這種情形啊！當我口吃而躊躇的時候，鶴川的手把我的感情翻轉過來，傳到外邊去。從這些驚愕之中，我所學到的是，若只論感情，那麼這世上最惡的感情與最善的感情並不相逕庭，其效果亦相同，殺意也好，慈悲心也好，看來一絲不差。縱令用盡言語而說明，鶴川也不會相信這一套吧，但對我而言，這是一個可怖的大發現。由於鶴川，使我不再畏懼僞善，而僞善在我只不過是相對的罪惡而已。

在京都雖未遭受空襲，但有一次由工場被派出差，手持飛機零件的訂購單，到大阪的本場去的時候，適巧遇到空襲，看到腸子暴出的員工躺在擔架上。

爲什麼露出的腸就顯得淒慘呢？爲什麼看到人的內部就悚然而非掩目不可呢？爲什麼血流出來，就給人衝擊呢？爲什麼人類的內臟是醜惡的？……那與光滑柔嫩的皮膚的美，豈不是完全同質嗎？如果我說把自己的醜惡化爲烏有的這種想法是鶴川教給我的，他不知將現出什麼樣的表情？內側與外側，例如把人也看成像薔薇花一樣的不分內外的東西，爲什麼這想法就被看成非人性的呢？如果人們能夠把精神的內側與肉體的內側，像薔薇花的花瓣那樣翻過來，反捲過來，讓日光晒晒，或讓五月的微風來吹吹的話……

——母親已經來了，在老師的房間裡說話。我和鶴川，在初夏的日暮時分的玄關前，屈膝說道：我回來了。

老師只叫我上了房間，在母親面前說了這個孩子好乖的一類話。我低下頭幾乎不看母親。在洗得褪色的暗紋的燈籠褲膝上，擱著污垢的手指。

老師向我們母子說可以退下了。我們一連行了幾次禮才出了房間。朝南的小書院，面向中庭的五疊他他米大的「納戶」（收拾並調整被服的房間——譯者）是我的房間。在那兒只剩下我們二人時，母親一下子就哭了出來。

這是我所預料的事，所以我能夠處之泰然。

「我已經是鹿苑寺的寄宿生了，直到出人頭地之前，請不要來看我。」

「知道的，知道的。」

用這種殘酷的言辭來迎接母親，使我感到高興。但是母親一如往昔，不感到什麼，也沒有什麼抵抗，眞令我感到牙癢癢的。但是，如果母親越過範疇而衝進我的裡面，單這麼想像就使我覺得害怕。

在母親晒黑了的臉上，有著小小的狡猾似的凹陷了的眼睛。只有嘴唇像別的生物似地紅艷，鄉下人頑強而硬大的牙齒並列著。如果是都市的女人，正是濃妝艷抹也不覺得奇怪的年齡。儘可能設法醜化過一般的母親的臉上，好像沉澱似地留下一堆肉感，我敏感地察覺到它，並且憎恨它。

從老師的面前退下，痛快地哭了一頓之後，現在母親用配給品的人造纖維的手帕，擦拭了被晒黑了的胸口。富於動物性光澤的手帕，汗濕了，更顯得光亮。

從背包裡取出米，說是要給老師的。我緘默著，然後母親取出了被幾層灰黑的棉花包住的靈牌，放到我的書櫥上。

「謝天謝地，明天請和尙誦個經，父親也會高興的吧。」

「忌日做過後，媽就回成生嗎？」

母親的回答令人感到意外。母親已經把寺的權利讓給別人，僅有的田地也處分了，還淸父親養病時的債務，還說好了以後要隻身寄居在京都近郊的加佐邦的伯父家裡。

我再沒有可以回去的寺了！那荒涼的岬角的村落裡，迎接我的東西已沒有了。

這時候，我臉上浮起的解放感，不知母親作何解釋。她嘴靠近我的耳邊，這樣說：

「好嗎，你的寺已沒了，將來除了當這個金閣寺的住持以外，再沒有其他路子了。要讓和尙好好兒疼你，將來當住持才好。懂嗎？這是媽唯一的指望呀。」

我震驚地回望母親。但太可怕了，不敢正視她。

「納戶」已暗。因爲母親把嘴湊過來，所以這個「慈母」的汗臭飄浮在我身邊。我還記得，那時母親笑了。久遠的哺乳的記憶、淺黑色乳房的回憶，那種心象，很不愉快地在我的內心裡奔馳著。那燃燒起來的卑劣的野火，像是有一股肉體上的強制力，使我感到恐怖。母親短短的髭髮觸到我的臉頰時，我看到了一隻蜻蜓停在薄暮的中庭裡長滿蘚苔的洗手臺上。天空的夕照落在那小小圓形的水面上。四處闃然，鹿苑寺像無人的寺塔。

好容易我才直視了母親。軟軟的唇邊，母親閃著牙齒笑了。我的回答是激烈的口吃。

「但是，說不定什麼時候給拉去當兵，戰死呢。」

「傻瓜。你這種口吃也被拉去當兵，那麼日本也完蛋了。」

我的背脊不禁硬僵起來，湧滿了對母親的憎恨。然而口吃著吐出來的言語只不過是遁辭而已。

「金閣也可能受到空襲燒掉呢。」

「這樣下去，京都壓根兒不會有空襲的。美國大兵客氣著呢。」

……我沒有回答。寺裡薄暮的中庭已成海底的顏色。庭石就像經過一番格鬥之後的形狀沉下。

我沉默無語，母親站起來，從圍著五蓆房間的木窗望出去，無顧忌地說道：

「藥石（佛語：晚飯—譯者）還沒弄好嗎？」

——以後才想起，這次的與母親的見面，在我的心裡留下了不少的影響。發覺母親始終與我住在不同的世界，是這個時候，並且母親的想法第一次強有力地對我發生作用，也是這個時候。

母親雖是生來就與美麗的金閣寺無緣的族類，但是另一方面，卻也有著我所不知道的現實感覺。京都不受空襲的威脅，那不是我的夢想，但很可能也是事實。假定金閣眞的此後也沒有空襲的危險，那麼我賴以生存的意義也失卻了，我所側身其中的世界亦將隨之瓦解。

一方面，料想不到的母親的野心，雖然使我憎恨，卻也把我俘虜住了。父親雖不曾說過，但可能與母親同樣的野心之下，把我送到這寺裡來也說不定。田山道詮師是獨身的。他本身旣是受前代的囑望而繼承了鹿苑寺，那麼我也可能逐漸的被看成爲他的後繼者也說不定。如果眞是那樣的話，金閣便將成爲我所有了！

我的思想混亂了。第二的野心成爲嚴重負擔時，立刻回到第一個夢想——就是金閣遭空襲——那個夢想被母親明晰的現實判斷打破時，又歸到第二個野心，由於過分的想這想那的結果，我的腦後根長出了一個紅大的腫物。

我放任它。腫物長了根，從後頭以灼熱而沉重的力量壓過來。昏睡中，我夢見了純金色的光圈長在我的頸子上，它爲了要把頭部圍成一個橢圓形的光圈，少許少許地長出來。醒來時，那不過是惡性腫物在作痛而已。

終於發了高燒病倒了。住持把我送到外科醫生那兒。穿國民服、打綁腿的外科醫生，給這個腫物取了一個叫「囫圇吞」的簡單名字，爲了珍惜酒精，手術刀用火烤了烤，刺進去。我呻吟著。

我感到灼熱、沉重的世界，在我的後腦部彈裂著、萎縮、衰退。……

×　×　×

戰爭結束了。在工場聽著終戰的詔敕的當兒，我所想著的，不是別的，是金閣。回寺後，我馬上急忙奔向金閣，這是一點兒也不足爲怪的。參拜的路上，碎石被仲夏的陽光灼熱了，我的運動鞋的粗糙的膠底裡，石子一個個的粘上來。

聽了終戰大詔之後，若是在東京可到宮城前去，但到帝王故居的京都御所前去哭泣的卻大有人在。在京都，這個時候可供人前往哭泣的神社、佛閣倒有很多。無論哪裡，這一天必然熱鬧無疑。但是到金閣寺來的卻一個也沒有。

灼熱的砂石上，只有我一個人的影子。該說是金閣在那邊而我在這邊吧。自從我看到這一天的金閣以後，我就感覺到「我們」的關係已經改變了。

從戰敗的衝擊、民族的悲哀之中，金閣超然獨立，或說是佯裝超絕的樣子。到昨天爲止，金閣並不是這樣的。它沒有被空襲燒掉，今後也不再有那種危懼，無疑地，是這些使得金閣再一次恢復了「我身自古存於此，未來永恆亦當在此」的表情。

內部的古銅色金箔還是老樣子，外壁被夏日的陽光塗上護漆，金閣像無益的崇高的家具一般，悄然孤立。那是被放在森林所燃起的綠光之前的巨大而空虛的飾裝臺。能配合這個飾裝臺的飾物，該是大得不合道理的香爐或是大而無當的虛無吧。金閣把那些一掃而光，把實質也洗去，不可思議地把空虛的形象築在那兒。更異樣的是金閣每每所呈現的美之中，再沒有像今天這樣叫人感到美。

從我的心象，不，甚至也從現實世界中超脫，並且與任何種類的變幻都無緣地，金閣從未呈現過如此堅固的美！拒絕所有的意義，那種美從未如此光輝燦爛過。

不誇張地說，看著它時我的腳在震顫，額角冒出冷汗。前些時，看過金閣而回到鄉下之後，那細部與全體，像音樂似地互相呼應交響；與那次相比，現在，我所聽著的是完全的靜止，完全的無聲。那裡流動著的，沒有一樁是變幻無常的。金閣像音樂的恐怖的休止，像鳴響的沉默，在那兒存在著，屹立著。

「金閣與我的關係已斷絕了。」我這麼想。「從此我與金閣同住於一個世界的夢想崩潰了。往前的，比往前更絕望的事態發生了。那就是美在那邊，而我在這邊的事態。永世不渝的事態……。」

戰敗對我而言。不外是這種絕望的體驗而已。到如今，在我的眼前，仍可看見八月十五日的火焰般的夏日陽光。人們都說所有的價值都崩壞了。但我的內心裡，正好相反，永遠已清醒、復甦，並主張其權利。永遠告訴我，金閣存在於未來永恆之中。

從天降下，緊貼著我們的頰、手和腹，而後埋葬我們的永遠。這個可詛咒的東西。……是啦，在終戰這一天，在周圍群山的蟬聲裡我聽到這咒詛一般的永遠。它把我塗進金色的壁土裡。

那天晚上開枕的讀經之前，爲了祈禱陛下的安泰，並安慰戰歿者之靈，特地誦了長長的經。開戰以來，各宗派都使用簡略的輪袈裟，但今夜老師特地用了收藏已久的五層緋袈裟。

連皺紋深處都洗滌過似地清淨、微胖的臉，今天也依然紅光滿面，像是很滿足的樣子。酷暑的夜裡，布料互擦的清爽聲音，來得格外清晰。

讀經之後，寺裡的人全被叫到老師的房間，在那兒聽講話。

老師所選的「公案」是無門關第十四則的南泉斬貓。

「南泉斬貓」也見於碧巖錄裡的第六十三則「南泉斬貓兒」，與第六十四則「趙州頭戴草鞋」兩條經文中，自古成爲難解的公案。

唐代的時候，池州南泉山中有位叫普願禪師的名僧。因山之名，世稱爲南泉和尙。全寺動員出去刈草的時候，這個閑寂的山寺裡出現了一隻小貓。這太稀奇了，大家拔腿直追，終於捕獲了牠，這一來卻釀成東西兩堂之爭了。兩堂互爭，總想把這隻小貓當做寵物。

南泉和尙看了，突然抓起小貓的頸子，握著刈草鐮刀，說道：

「大衆得道即得救，不得道即斬卻。」

衆人無語。南泉和尙斬了貓，拋棄了。

日暮時分，高足的趙州回來了。南泉和尙說了經過，並問趙州的意見。

趙州突然脫了鞋，擱在頭上出去了。

南泉和尙嘆息道：

「哎，今天要是你在的話，貓兒或可得救吧。」

——大概就是這樣的故事，只是趙州戴鞋於頭上的這一件事，一向就被認爲很難索解。

但是依老師的講話，這倒不是那般難解的問題。

南泉和尚斬了貓，是斷絕自我的迷妄，一掃妄念妄想的根源。依其非情的實踐，斬了貓的頭，把一切的矛盾、對立，從他的執著斷絕了。如果這就叫殺人刀的話，那麼趙州的是活人劍。把沾了泥、被人蔑視的鞋，本著無限寬容之意，戴在頭上，這是實踐了菩薩之道。

老師這樣說明著，沒有觸到一點關於日本戰敗之事，就結束了講話。我們都如墮入五里霧中。爲什麼戰敗的這一天，特地選了這公案，怎麼也沒法子明白。

回寢室時在廊下，我向鶴川說出了這疑惑。鶴川也搖搖頭說道：

「不曉得。沒過僧堂生活，一定不明白的。不過今晚講話的主意，大概是在戰敗的這一天，不願提起那些，隨便說說斬貓的故事吧。」

打了敗仗，我是絕不感到不幸的。但是老師那種充滿幸福感的臉，倒叫我有些看不慣。

一個寺裡通常是靠著對於住持的尊敬之念來保持秩序的。過去一年，雖蒙種種關照，但我對於老師卻無法湧起深深敬愛的心。那也就算了，然而自從被母親點燃了野心之火以後，十七歲的我，開始以批判的眼光來看他了。

老師是公平無私的。但那種公平是如果我當了老師，也能做到的，容易想像得到的公平。禪僧獨特的幽默，在老師的性格裡一無所有。通常那種短肥的身子應該是富於幽默的。

聽說老師是玩盡女人的人。想像老師玩女人的那個樣子，就覺得可笑與不安。被桃色的糕餅似的身體擁抱住的女人，不知會有怎麼個心情。大概是那桃色的柔軟的肉一直地連接到世界的邊際，而被埋進肉之墓裡的感覺吧。

我對於禪僧也有肉體，總感到不可思議。我猜老師之所以玩盡女人，是爲了捨離肉體、輕蔑肉體之故。只是那被輕蔑了的肉體，如此充分地吸收營養、光彩煥發地包住老師的精神，實在令人不可解。如同被馴服了的家畜似的溫順、謙讓的肉，對於和尚的精神而言，正如婢妾似的肉。

……

對我而言，敗戰到底是什麼?在這兒非說清楚不可。

那不是解放，絕對不是解放。而不外是不變的東西、永遠的東西、融進日常生活中的佛教性時間的復活。

寺裡的日課從戰敗的翌日起，又同樣地繼續下去了。開定、朝課、粥座、作務、齋座、藥石、開浴、開枕。……由於老師嚴禁買黑市米，信徒捐獻的米，或者副司爲了正在發育的我們，僞稱是捐獻而買來的少量的走私米，煮得幾粒粥沉在碗底。寺裡也時常派人出去搜購甘藷。粥座不只在早上，午餐、晚餐也接連吃粥或地瓜，因此我們不時都餓著肚皮。

鶴川時常回東京的家裡要些甜食。夜深後，悄悄爬到我枕邊，跟我一起吃。夜空偶而有閃電劃過。我問他，爲什麼不回到如此富裕的家，慈愛的父母身邊呢？

「這也是修行呀，反正我遲早要繼承父親的寺嘛。」

他好像一點兒也不苦於事事物物，正如筷子盒中安安穩穩的筷子。我更追究著說，此後可能有想像不到的新時代來臨也說不定。那時候，我想起大家都在說的事情：那是停戰後第三天，我到學校去時聽到的，當工場的指導員的軍官，把一整貨車的物資運到自己的家去，軍官還公然的說今後我要幹黑市買賣。

那大膽、殘酷且目光尖銳的軍官，正向罪惡奔馳而去，我想。他的半長統靴所奔去的方向，有著與戰爭之死的相貌一模一樣的朝霞似的無秩序。招展著胸前白絹圍巾，把偷來的物品背在彎曲的背上，深夜的殘風刮著臉頰，他正準備著出發吧。他將以驚人的速度磨滅吧。但是在更遠的地方，發出無秩序之光輝的鐘樓的鐘正更輕快地響著……。

所有這些東西都遠隔著我。我沒有錢、沒有自由、也沒有解放。但是當我說著「新時代」的時候，十七歲的我，雖然還沒有明白地形成，但是確有一番堅定的意志正在成長。

「如果世間的人們，以生活與行動來體味罪惡的話，我將儘可能地深深地沉入於內心的惡。」

但是開始我想著手的罪惡，不外是想巧妙地討好老師而把金閣佔爲己有，或者把老師毒殺，取他的地位而代之，這一類幼稚的夢而已。這個計劃，在我證實了鶴川沒有同樣野心時，甚至還使我的良心得到安寧。

「你對於未來，難道沒有任何不安與希望嗎？」

「沒有，什麼也沒有。就是有又怎樣呢？」

鶴川回答的語調裡，一絲兒的黑暗與自暴自棄的樣子都沒有。那當兒，閃電照亮了他臉上最纖細的一部分的細軟的眉毛。理髮時，鶴川大概聽任理髮師把眉毛的上下剃齊的吧。因此細長的眉毛更顯得人工的細長，眉毛的尾肚留下剃後微青的陰翳。

我看了那靑色，被不安的情緒衝激了。這少年與我全然不同，在生命的純潔的末端燃燒著。還沒燃燒之前，未來被隱藏著。未來的燈芯浸沉在透明冰冷的油裡。誰有必要預知自己的純潔與無垢呢？如果未來只剩下純潔與無垢的話。

……那天晚上，鶴川回到自己的房間之後，殘暑的悶熱叫我無法入眠。加上想與自瀆習慣抵抗的心情把睡意奪了去。

偶爾我有過夢洩。那也並沒有確切的色慾影像，譬如看到一隻黑狗跑過暗街，牠冒炎似的喘息，而隨著被繫在狗脖子上的鈴的頻響，昂然奮起，鈴響達到極度時，便射精了。

自瀆的當兒，我有著地獄性的幻想。有爲子的乳房挺露了、有爲子的腿挺露了。而我變成了無以類比的渺小的、醜惡的蟲了。

——我起床躡足，偷偷地從小書院的後門溜出去。

鹿苑寺的背後，有夕佳亭，東邊有名叫不動山的山。被赤松覆蓋了的山，在赤松之間長著茂盛的竹林，也夾雜著空木、躑躅等灌木。走那座山的路，就是在夜間也習慣得不致於顚躓。登上山頂，可望見上京、中京，甚至遙遠的比叡山或大文字山。

我登上了。在受了驚的鳥兒的振翅聲中，目不旁顧地避開了木幹，直登上去。我感到沒有思考什麼的攀登，突然治癒了我。到達了頂上的時候，涼快的夜風吹來，裹住了滿是汗漬的身子。

眼前的眺望疑惑了我的眼睛。解除了長久以來的燈火管制的京都市，只見燈火一望無盡。戰後，我還一次也沒在夜裡來過這兒，因此這光景對我而言，幾乎是奇跡。

燈火成爲一個立體。散落於平面四處的燈火，失去了遠近感，看去好似由燈火構成了一個透明的大建築，長出複雜的角，張開樓翼，在午夜裡屹然站立著。這才算是京城哩。只有御所的森林裡沒有燈光，像個大黑洞。

對面，從比叡山的山麓到暗黑的夜空之間，時而有電光閃過。

「這是俗世啦。」我想。「戰爭一過，這燈光之下，人人都在動著邪惡的念頭。多少男女在燈下，互盯著對方的臉，嗅著很快的就要迫近的像死之行爲般的臭味。一想起這無數的燈，全是邪惡之燈，我的心就感到安慰。但願我心中的邪惡繁殖吧，無數地繁殖，放出輝煌，與眼前無數的燈火一一照應吧！但願包住這些的我心之黑暗，能與包住無數燈火的夜之黑暗相等。」

× × ×

金閣的觀光客數目漸增。老師向市府申請拜觀費加價，以適應通貨膨脹，得到了成功。

以前，金閣的拜觀客只有著軍服或作業服或燈籠褲等態度端莊的客人而已。不久，美軍到來，俗世的淫風開始在金閣的周邊群集。一方面，獻茶的習慣恢復了，女人們穿起隱藏多時的華美的衣裳，登上金閣。在他們眼中的我們穿僧衣的姿態，如今成了明顯的對照，好像我們是爲了好玩而扮演著僧侶的角色。也有如爲了來看某些地方的珍奇風俗的觀光客，而特意地固守著古代珍奇風俗的住民一般。……特別是美軍們，不客氣地扯我的僧衣的衣袖，發出笑聲。有的更掏出鈔票，說是爲了拍攝紀念相片而借僧衣。這是因爲我與鶴川常常被拉去代替不懂英語的管理員，當英語導遊的緣故。

戰後第一個冬天來臨。有一個星期五的晚上開始下雪，下到星期六。在學校的當兒，一直想著放學回去，飽享雪中金閣的眼福。

午後也下雪。我穿了長膠鞋，肩上掛了書包，從參拜道上直向鏡湖池邊走去。雪以暢達的速度下降。像孩提時常做的那樣，面向著天空，張大了嘴。雪片發出極薄的錫箔相碰般的聲音，觸到我的牙齒，而後在我溫暖的口腔裡不留空隙地散進去，溶化在我的紅色的肉上。那時候我想像到究竟頂上的鳳凰的嘴，那金色怪鳥的滑潤而帶熱的嘴。

雪令我們回到少年的心情。況且我就是過了年，也不過是十八歲。我說我感到體內有一股少年之氣在躍動，也算說謊嗎？

被雪包住的金閣，美得無可比擬。這四壁皆空的建築物，在雪中，任雪吹進，細柱林立，以亭亭的膚肌站立著。

為什麼雪不口吃呢？我想。有時被八掌樹的葉子阻住，也會像口吃似地降落於地面。但是沐浴著從天空毫無遮攔地流利地降落的雪，我便忘了心中的曲折，像沐浴著音樂，我的精神也恢復了純眞的律動。

事實上，立體的金閣，叨了雪的光，成了不挑撥任何事物的平面的金閣、畫中的金閣。兩岸的紅葉山的枯枝，幾乎留不住雪，因而只見森林比任何時候都更顯得袒裸。遠近的松樹上的積雪壯麗無比。池塘的冰上堆上了雪，可是奇怪的是有些地方卻沒積雪，白色疏落的斑點，宛然大膽的裝飾畫上的雲朶。佛境的九山八海石或瀨戶內海的淡路島，與池冰上的雪相連接；繁茂的小松，恰如從冰與雪原的正中，偶然長出來似的。

沒有人住在金閣，究竟頂與潮音洞的二處，再加上漱清亭的小屋頂的三處屋頂，屬於純然白色的部分之外，暗淡複雜的橫木，在雪中卻浮起生動的黑色，好像我們觀賞南畫的山中樓閣時，總禁不住地把臉靠近畫面，審視是不是有人住在裡邊一般，那古老漆黑而顯目的橫木顏色，叫我也想窺探金閣裡到底是不是誰住著。但是即令我能把臉兒靠近，碰了雪的冰冷繪絹，也無法再靠得更近吧。

究竟頂的窗扉今天也向著雪空開放著。舉頭仰望它，我的心一一地看到了降落的雪片，飛繞著究竟頂上沒有任何東西的小空間，不久停落在壁面的古鏽的金箔上，氣絕了，而後凝結成小小金色的露珠。

……第二天星期日的早上，老管理員來叫我。

是開場前的時刻裡，來了外國兵要觀光。老管理員用手勢叫他們等一下，來找「通曉英語」的我。很奇怪，我的英語比鶴川好，而且一講英語就不口吃了。

玄關的前面停著吉甫車。泥醉的美國兵手擱在玄關的柱子上，俯視著我，輕蔑地笑了。

雪晴後的前庭，令人目眩。以眩光爲背景，一臉橫肉的青年的臉，朝著我的臉，噴著白氣與威士忌的氣味。跟往常一樣，想像到在這種尺碼大不相同的人們心中的感情，就令我感到不安。

我早打定主意不做任何反抗，所以只說這是開門前的時刻，願意特別導遊，並要求入場費與導遊費。意外地，身材魁梧的醉漢和氣地付了錢，而後探了探吉甫車裡，說了「出來吧」的話。

因爲雪的反光耀眼，所以看不到吉甫車的漆黑內面。像有什麼白色的東西在移動，我覺得像是兔子在動。

吉甫車的踏臺上，伸出了一雙穿尖高跟鞋的腳。這寒天裡竟裸著腿，著實叫我吃驚。女人穿著大紅如火的外套，一看即知是以外國兵爲對象的娼妓，腳趾和手指甲都染成同樣的火紅色。當外套的裙角掀開時，我看到了微污的毛巾質地的睡衣。人也是醉眼惺忪的。倒是男人整齊地穿了軍服，女人可能是一起床，在睡衣上加上領巾和外套就出來的吧。

受了雪光反照的女人的臉，顯得蒼白異常。幾乎沒有血氣的膚肌，口紅無機性的浮起緋色。女人下車的當兒打了一個噴嚏，瘦小的鼻梁上皺起了細微的小紋，疲憊的醉眼瞟了遠處一眼，又沉到無底的深淵。接著把傑克的發音發成傑阿克，叫著男人的名字。

「傑阿克。吐——克而特！吐——克而特！」

女人的聲音哀切地流過雪上。男人沒有回答。

對於這種賣春的女人，我感到美這是第一次。

並不是因爲與有爲子相像才這樣。每一點每一點都不同，好像設法儘量與有爲子不相似地，細細吟味而描畫出來的肖像。這似乎是爲了與有爲子的記憶相抗衡而形成的影像，因此好像帶著一種反抗性的新鮮的美感。那是我在人生中最初感到美之後，似乎要諂媚我的官能上的反抗。

只有一點是與有爲子共通的。那就是對於沒穿僧衣，而穿了髒穢的夾克與長膠鞋的我，女人不屑瞧一眼。

那天一早，寺裡總動員，好不容易地才把參拜路的雪掃完。如果團體來了就糟糕，但若是平常的人數，便可以並列著通行過去。就在那路上，我在美兵及女人前面走去。美兵來到池邊，視野一開，就張開雙手，不知道呼喚著什麼，大聲發出歡叫。還粗暴地搖撼了女人的身體。

女人蹙眉，又說：

「哦——傑阿克。吐——克而特！」

美兵在積雪而彎垂的葉片底下，看到青木的紅色鮮艷的果實，問我那是什麼，我只能回答說「青木」。與他巨大的軀體不相襯地，他可能是個抒情詩人也說不定，但他澄清的藍眼令人有殘酷之感。外國的童謠〝Mother Goose〞裡，把黑眼珠說成壞心腸、殘酷者。大凡人都是慣常地在異國的事物裡，夢見殘忍性的吧。

我照慣例導遊了金閣。美兵醉得很厲害，搖搖晃晃地把鞋子踢飛出去。我用凍麻了的手從口袋裡掏出適合於這場合誦讀的英文說明書。但是美兵橫地裡伸出手來，取了去，以滑稽的腔調開始讀它，因而我的導遊也就成了不愉快的事了。

我依靠著法水院的欄干，眺望著強光反照的池面。金閣裡頭，從來也沒有被照得這麼光亮過。

在我沒注意的當兒，走向漱清亭去的男女之間，起了口角。爭論愈來愈激烈，但我一句也沒聽清楚。女人也以強辭對答，但不知那是英語還是日語。兩人爭吵之中，已忘了我的存在，回到法水院這邊來。

女人用力地在伸出臉而罵著的美兵的頰上摑了一個耳光。接著返身就逃，穿著高跟鞋，跑向參拜路的入口處。

我不知底細，下了金閣跑到池畔。但追到女人近處時，立即被長腿的美兵追上了，他揪住女人的大紅外套的胸襟。

那當兒，青年看了我一眼。把揪住女人的炎紅胸襟的手，輕輕放開。那放開的手的力量，似乎不是尋常的。女人在雪上仰倒下去，炎紅的裾角裂開，白色膚肌的大腿在雪上攤開。

女人也不想起來的樣子，從下面一面睨視著彷彿聳立雲霄的男人的眼睛。我不得已，蹲下去想扶起女人。

「嗨！」美兵叫了。我回頭一看，他兩腿敞開的姿態呈現在我眼前，用手指向我指示著。忽然變得溫和，滋潤的聲音，用英語說著：

「踩下去。你，踏下去呀。」

我不明白到底怎麼一回事。但他的藍色眼睛從高處命令下來。在他寬敞的肩膀後面，頂著雲霄的金閣閃閃發光，被洗過似的藍色冬天濕潤了。他的藍眼睛裡沒有些微的殘酷感。那瞬間，我感到一種罕有的抒情意味，這又爲什麼？

他粗大的手垂下來，抓起領襟，使我站起來。但命令的聲音還是那般溫和。

「踩呀！踩下去。」

無法抵抗，我舉起了穿長膠鞋的腳。美兵拍拍我的肩膀，我的腳落下去，踩上了春泥般柔軟的東西，那是女人的腹部。女人閉上眼，呻吟著。

「用力踩，再用力！」

我踩了。最初踩下去時的不安感，第二次卻變成了迸發的喜悅。這是女人的腹部啦，我想。這是胸部啦，我想。別人的肉體會如此像皮球似地以誠實的彈力回答，眞是想像不到的事。

「好了。」

美兵明白地說了。而後恭敬的抱起女人的胴體，替她拂去了泥與雪，以後就沒向我看一眼，扶著女人走在前端。女人始終把視線從我的臉上避開。

來到吉甫車的前面，先讓女人上了車，以醉醒後的嚴肅表情，向我說了一聲「珊克——」。好像要給我錢，我拒絕了。他從座席上拿了兩盒香煙，塞進我的手裡。

我在玄關前的雪光反照中站著，臉頰發燙。吉甫車冒起雪煙，搖擺著遠去。吉甫車看不見了，我的肉體昂奮異常。

……當昂奮好容易才過去時，代之而起的是僞善之喜悅的企圖，不知喜歡香煙的老師將如何欣喜地接受這贈物。他那裡知道，這是怎麼來的呢。

一切都沒有告白的必要。我不過被命令、被強迫如此做罷了。如果反抗的話，我本身不知會遭到怎樣的禍患。

走向大書院的老師的房間。理髮最爲拿手的副司先生，正剃著老師的頭。我在朝陽滿射的廊前等著。

庭中的陸舟松，閃爍著積雪的眩光，正如折疊了的新帆船。

剃頭之間，老師閉著眼，雙手捧著紙，承接掉下來的毛髮。隨著被剃光了的頭，顯出栩栩如生的動物性的輪廓。剃完之後，副司先生用熱毛巾包住了老師的頭，一會兒把它取下，那底下現出了像剛出生而被煮熟的光頭。

我好容易說明來意，呈上二盒傑士特佛爾特，叩了頭。

「哦，辛苦了。」

老師以皮笑肉不笑的微笑說了，只有如此罷了。二盒香煙在老師的手中，非常事務性地、毫無造作地被擱在各種文書信件滿堆的桌子上。

副司先生開始在肩上按摩起來，老師又閉上眼睛。

我非退下去不可了，不滿令我身體發熱。自己所做的不可解的惡行爲、那獎賞的香煙，不知道這一切而接受那些的老師、……這一連串的關係之中，應該有更戲劇的、更強烈的東西才對。身爲老師竟覺察不到這又是令我更輕蔑老師的一大理由。

但是老師制止了正想退下去的我，原來他恰巧想施惠於我。

「想把你啊，」老師說道：「畢業後送到大谷大學去。去世了的令尊也一定很擔心著，所以非好好地用功，得個好成績進大學不可。」

——這消息，立即由副司先生的口傳遍了寺裡。有了由老師開口說升大學的話，就是頗受囑望的證據。從前聽說徒弟爲了能得到進大學的機會，在住持的房間裡，按摩肩膀，過了一百個晚上才達到了願望，這一類話多的是。可以由家裡供給費用升大谷大學的鶴川，拍著我的肩，大爲高興；另一個從沒得過老師任何關照的徒弟，以後就不與我談話了。

第四章

昭和二十二年的春天，我進了大谷大學的預科，這也並不是在老師不渝的慈愛和同僚們的羨慕之下，意氣揚揚地入了學的。從外表看來也許如此，但是關於這升學，有一件連回憶起來都叫人憤懣的事。

那個下雪的早晨，老師允許我進大學的一週後，我從學校裡回來，那個一向未被關心到大學升學問題的徒弟，卻以非常喜悅的表情看著我。這個人一直都沒有和我開過口。

佣人的態度、副司先生的態度，也都與平常有異。但可以看出外表裝著與平日一樣的樣子。

那天晚上，我到鶴川的寢室去，訴說了寺裡人們奇怪的態度。最初鶴川也跟我一樣的偏著頭，但不會僞裝感情的他，終於變得萬分愧疚似地直視著我。

「我跟那傢伙，」說了另一個徒弟的名字，「我是從他那兒聽來的，但他也上學校去了，所以也是聽來的……聽說是你不在的時候，出了一件怪事。」

我的胸口騷動起來，詰問了他。鶴川要我發誓必守秘密，審視了我的臉色，才說出話來。

原來那天下午，一個穿緋紅外套的以外賓為對象的娼妓，來到寺裡，要求與住持會面。副司先生代理出去玄關，女人罵了副司先生，說無論如何要見住持一面。老師剛巧走過走廊，看到女人，便來到玄關外邊。女人說，大約一週前的雪後的早晨，與外國兵同來金閣參觀，寺裡的小僧阿諛著外國兵，踏了被外國兵推倒的女人的腹部。那天晚上，女人流產了。因此要求給一些錢，如果不給，要把鹿苑寺的劣行公之於世。

老師緘默著，給了錢叫女人回去。明知那一天的招待員除我而外沒有他人，但因為沒有我的劣行的目擊者，因此老師說絕對不要讓我知道這件事。老師把一切付諸不聞不問。

但是，寺裡的人們，從副司先生那兒探息了這事件，沒有一個不懷疑是我的劣行了。鶴川握著我的手，幾乎掉淚。那透明的眼神緊盯著我，那少年的純潔的聲音衝擊了我。

「你真的幹了那樁事嗎？」

……我被迫面對自己暗黑的感情。是鶴川這追究般的質問，使我面對了它。

爲什麼鶴川要問我那個？是出自友情嗎？他知道由於這一問，使他放棄了他自己眞正的使命嗎？他知道由於這一問，他在我的內心深處背叛了我嗎？

我一再說過，鶴川是我的陽畫。……鶴川如果忠實於他的使命，該不究詰我，什麼也不問，把我的暗色感情，原原本本的翻譯成光亮的感情才對。那樣一來，謊話該變成了眞實，眞實該變成了謊話的。如果鶴川使用了他原有的手法，把所有的陰影變成光明，把所有的黑夜變成白晝，所有的月光變成日光，所有的夜的濕苔變成晝間光耀的嫩葉，那麼我可能帶著口吃而懺悔一切也說不定。但是，只有這樁事，他沒有那麼做。因此我暗黑的感情也就得到了助力……。

我曖昧地笑了。沒有火氣的寺的深奇，寒冷的膝蓋。好多根古老粗大的支柱屹立著，包圍住竊竊私語的我們。

我所以發抖，大概是天冷的關係。但是第一次公然向這個朋友說謊的快樂，也足夠令我膝蓋顫抖的。

「什麼也沒做呀。」

「是嗎？那麼是那女人說謊的囉。畜生。連副司先生也信那一套呢。」

他的正義感漸漸的高漲，氣昂昂的說，明天爲了我，一定要跟老師解釋個明白。那時候，我的心裡浮起了老師那個煮熟了的蘿蔔似的光頭。接著浮起了桃色的無抗力的臉頰。這心象，不知爲什麼突然令我感到異常的嫌惡。鶴川的正義感在未發露之前，我必須親手埋之於土中。

「不過，老師相信我做的嗎？」

「這個——」忽然鶴川困住了。

「不管別人怎麼蜚長流短，老師既然沈默地看著，也不用擔心了。我以爲這樣較好。」

接著我讓鶴川明白了解釋反倒會加深大家對我的猜疑。我說只因老師知道我是無辜的，所以才把一切付諸不問。說話當中，我的胸口漸漸有了喜悅的徵兆，喜悅逐漸張開了鞏固的根。『沒有目擊者呀。沒有證人呀。』這種喜悅……。

其實，我也並不是相信只有老師是認爲我無辜的，寧可說是相反的。老師把一切置之不問，適巧證實著我的推測。

也許從我的手中接受了兩盒傑士特佛爾特的時候，老師已看透了也說不定。他所以置之不問，也許是爲了等著我的自發的懺悔。先給與進大學的餌，用來與我的懺悔交換，如果我不懺悔，爲了懲罰我的不誠實而把升學停止；如果懺悔的話，先探究我悔改的程度，才打算重新賜給特別的恩典，准許進升大學也未可知。而且更大的陷阱是老師命令副司先生不要把這事告訴我的一點。如果我果眞無辜的話，那麼我該不感覺什麼，什麼也不知道，能夠安心過日子。另一方面，如果我眞有了劣行的話，只要我稍稍有點智慧，便應該能模倣無辜的我應該過著純潔沈默的日子，也就是絕對沒有懺悔必要的日子。不，只要模倣就好了。那是最好的方法，那是表明我淸白之身的唯一途徑。老師就是暗示它，要讓我陷進在陷阱裡。……想到這一層，我就怒火中燒。

對我而言，也並不是沒有辯解的餘地。如果我不踩踏女人的話，說不定外國兵會拔出手鎗，威脅我的生命。反抗占領軍是不可能，我一切都被強迫而幹的。

但是，我的長膠鞋裡能感覺到女人的腹部，那諂媚似的彈力、那呻吟、那被壓碎了的肉開花的感受，一種感覺的蕩漾，那時候從女人向我貫穿過來的隱微的閃電似的東西……我不能說連這些東西，都是被強迫去品味的。直到現在，我也沒忘記那甘美的一瞬間。

老師是知道我所感到的核心，那甘美的核心！

一年以後，我成了籠中的小鳥，籠子在我眼前隨時可見。雖想絕不懺悔，但我的日子總不得安寧。

確是不可思議之事。當場一點也不使我想到罪惡的行爲，就是踩踏了女人的那行爲，在記憶之中，漸漸變得輝耀起來。那不是只因爲知道了女人流產才這樣的。那行爲砂金似地在我記憶中沈澱，永遠放出刺目的光芒，惡之光芒。是啦。縱使是細小的罪惡，但在不知不覺之間，我已有了犯罪的明瞭的意識。它像勳章似的，掛在我的胸部的內側。

……現在，實際問題上，在大谷大學入學考試之前的這段時間，我只有一面胡亂地揣摩老師的意向，一面彷徨無主而已。老師一次也沒說要取消升學的口頭應許，但是也不催促我趕緊準備考試。不管是那一種，我是多麼期待老師的一句話啊。老師獰惡地守著沈默，花費長長的時間刑訊我。而我也由於恐怖或反抗吧，關於升學的事，一次也不敢探尋老師的意向。過去跟人家一樣的表示敬意，同時以批判的目光觀望老師的姿態，漸漸地，變得怪物般的巨大，而不像是持有人性之心的存在了。好幾次想把眼光移開，但它仍存在於那兒，像奇怪的城堡蟠踞在那兒。

是晚秋的事情。被一家離此有二小時火車路程的某老信徒的葬禮請去做法事，老師在前一天晚上就吩咐好早晨五時半就要出發，由副司先生陪駕。我們爲了要趕上老師出門的時間，非得四時起床，洒掃及準備早餐不可。

在副司先生打點老師的行裝的時候，我們起床誦朝課的經。從暗而冷的廚房裡，不絕地響起了吊桶的摩擦聲，寺裡的人們急著洗臉。在晚秋昏暗的破曉裡，內庭的鷄鳴清楚可聞。我們合上法衣的袖口，急忙奔向客殿的佛壇前面。那沒有人睡的寬廣的他他米間，在黎明之前的冷氣裡，給人一種彷佛要彈開人般的觸感。燭臺的火焰在搖晃，我們打了三拜。站著，而後隨著鐘聲跪下叩頭。這樣反覆三次。

誦朝課的經時，往常我都在那合唱的男聲裡，感到勃勃朝氣。一天之中也是朝課的誦經的聲音最強有力。那聲音的強勁，把夜裡的妄念吹散於周圍，彷佛從聲帶裡迸發出黑色的水花。我不知道我自己的情形，但是一想到我的聲音也同樣地吹散著男人的污穢，就令我奇妙地產生勇氣。

我們進完粥座之前，老師出發的時刻到了。規矩上寺裡的人都要在玄關前整隊送行。

天還沒有亮。夜空滿佈星星。在星光裡，石板路泛白地伸向山門，巨大的櫟樹、梅樹、松樹的影子，到處蔓延著，影子溶進影子當中，佔滿地面。穿了開洞的毛線衣，清曉的冷氣從我肩膀沁進來。一切都在無言之中進行，我們默默低頭，老師幾乎沒回禮。漸漸的，老師與副司的木屐聲，在石板上戛戛響著遠去。目送到看不到背影爲止，是禪家的禮節。

遠處可見的不是背影的全部，只有僧衣的白色裾角和白色「足袋」。有時會覺得完全看不到了，但那只是被群樹的影子弄亂罷了。在影子那邊又現出白裾角和白「足袋」，足音的回響好像愈來愈高似的。

我們凝然目送。直到出了總門，兩人的背影消失之前，在送的人是頗不耐煩的。

就在這時候，突然我的內心產生了異樣的衝動。如同要迸出要緊的話而被口吃妨礙了似地，這個衝動在我的喉頭燃燒，我渴望被解放。過去母親暗示的，承襲住持的位子的願望是愚昧的，進大學的願望現在也沒有了。我渴望從無言地支配著我，枷鎖著我的東西逃遁出來。

我不能說這時候我沒有勇氣。告白者的勇氣一點兒也不算稀罕！對二十年在沈默中活著過來的我來說，告白的價值是不算回事的。我誇大嗎？對抗著老師的無言，迄今不肯告白的我，可以說是在試著「惡是可能嗎？」這一回事的。如果我堅持到最後也不懺悔的話，就是小小的惡，惡也就成爲可能的了。

然而，眼看著老師的白色裾角和白色「足袋」，隱現於樹影之間，在曉闇之中遠去，我的喉頭所燃起的力量，幾乎成了無法制止的力量。我想把一切表明出來，想追上老師，抓住那袖子，大聲地把下雪那一天的事情逐一陳述。絕不是對老師的尊敬才使我想起這樣做，老師的力量，對我而言，有如一種強力的物理的力量。

……但是如果表明的話，我的人生的最初的小小罪惡也將瓦解無遺，這一想頭把我制止，不知道有什麼東西緊緊地牽引著我的背脊。老師的背影穿過總門，在鉛色晨空下消失。

大家被解放，騷然跑進玄關裡。懵懵懂懂之中，鶴川拍了我的肩，我的肩醒過來了。我這瘦小不好看的肩膀，這才找回了矜持。

×　×　×

……儘管有了這種種波折，但是前面已說過，結果我還是進了大谷大學。原來懺悔是不必的。那天起數日以後，老師叫了我和鶴川，簡單地，告訴我們應該開始準備入學考試，爲了加強用功可以免除雜務。

我就這樣進了大學，但這不就是一切都了結了。老師的這種態度，沒有說明任何事情，關於後繼者的意向，一絲兒也揣測不到。

大谷大學，這兒是我的一生中第一次親近了思想，那也是我自己任意選擇的思想，因此這兒也成爲我的人生的轉捩點。

約莫三百年前，亦即寬文五年，把筑紫觀世音寺的大學寮移到京都的枳殼邸內來，這就是這所大學的濫觴。爾來長久一段時間內，成爲大谷派的本願寺子弟的修道院，但本願寺第十五世常如宗主的時候，浪華的門徒高木宗賢把財產捐出來，擇了洛北烏丸頭的這塊地，建造本校。一萬二千七百坪的土地，以一個大學來講，絕不算寬敞。但不只限於大谷派，各宗各派的青年多來此學習，修業佛教哲學的基本知識。

古老的磚門，隔著電車道，大學的運動場，與聳立於西空的比叡山相對著。進了門，細沙的車道直通本館前的馬車迴道。本館是古老沉鬱的紅磚二樓建築物。玄關的屋頂上，矗立著青銅的樓塔，說是鐘樓又不見有鐘，說是時鐘臺又沒有時鐘。那樓塔在纖細的避雷針底下，空著方形的窗，與青空相切。

玄關的側面，有樹齡很老的菩提樹，那莊嚴的葉叢，受了日光就照映出青銅色。校舍由本館增建再增建，沒有秩序地連接著，但多爲木造平房，因爲這個學校禁止打赤腳，所以每棟之間，破爛的竹蓆在無限制的貫穿的渡廊下連接著。竹蓆像偶被想起似地，只在破了的部分補修上去。因此，由這一棟屋走到那一棟，腳下是由最新的到最舊的，各種濃淡的嵌木細工。

像所有學校的新生，雖然每天以新鮮的氣氛上學，但總覺得有些茫然。知友只有鶴川一人。所以只和鶴川交談。鶴川好像也感到這樣會喪失了特地來到新世界的意義，過了幾天，每當休息時間，兩人便故意離開，各自去開拓新朋友。但口吃的我，也沒有那種勇氣，因此隨著鶴川的友人的增加，我反倒愈來愈孤獨了。

大學預科一年級的科目有修身、國語、漢文、華語、英語、歷史、佛典、倫理、數學、體操等十科。倫理的課一開始就令我頭痛。有一天，結束那講課之後的中午休息時間，想向一個使我注目的同學提出二三問題。

這個同學常常都獨自一個人在內庭的花壇邊吃便當。那習慣像一種儀式，也由於那味同嚼臘般的吃法，很有一點拒人千里外的味兒，所以誰也不願意接近他。他也不同學友開口，顯而易見地他是拒絕友誼的。

我知道他叫柏木。柏木的顯著特色是兩腳成了相當強度的內翻足，步行艱難。宛如隨時都行走於泥濘之中，好容易一腳由泥濘之中拔出，但另一腳卻又陷入泥濘。隨之全身躍動，行走成爲一種大模大樣的舞蹈，毫無日常性。

從入學當初，我就注目柏木，並不是沒有原因的。他的殘缺使我安心。他的內翻足從一開始就意味著和我的條件有著一脈相通之處。

柏木在內庭的苜宿草地上攤開便當。空手道部和乒乓球部的幾乎所有玻璃都破落的廢屋般的房舍，正在這內庭的對面。長著五、六株瘋松，有一幢空空的小溫室。塗在溫室上的青色油漆，駁落著，像乾枯了的假花那樣地捲縮著。旁邊有二三段盆花的棚臺，也有瓦礫的山，也有百合花或櫻草的花圃。

苜蓿草的草地很適於坐臥。光線被柔軟的葉子吸去，漾著細碎的影子，那一帶，像由地面輕輕地漂浮起來似地。坐在那兒的柏木，看來與走路時不同，是跟別人無異的學生。不只如此，他的蒼白臉上，顯著一種險峻的美。肉體上的殘缺者與美貌的女人一樣的，擁有一種不可拒抗的美。殘缺者與美貌的女人，都厭倦於被看、厭倦於只是被看的存在，因此被追迫著，以他們的存在本身來回看，勝利屬於看者。吃便當的柏木垂著眼，但我感到他的眼睛看盡了自己身邊的世界。

他在陽光下自足了。這印象打擊了我。在春天的陽光或群花之中，看了他的姿影，就可以知道他沒有我所感到的羞恥感和自慚。他是主張著的影子，不，毋寧說是存在著的影子。無疑日光必然無法從他的堅硬皮膚滲透進去的。

他專心地，看來那麼難以下嚥似地吃著的便當是貧乏的，幾不亞於我早晨典座時自己裝的便當。昭和二十二年還是沒有黑市貨就無法攝取養分的時代。

我拿著筆記簿和便當，站到他的身邊。由於便當被我的影子罩住，柏木仰起臉來。瞟了我一眼，又垂下眼，繼續著類似蠶嚙桑葉的單調的咀嚼。

「對不起，想請教點兒剛才講課不明白的地方。」

我口吃地用標準國語說了，我想進了大學就得講標準國語才對。

「你說什麼，我聽不清楚。那麼口吃著。」

柏木突然說道，我的臉漲了紅潮。他舔了舔筷子的尖端，更一口氣說下去：

「你爲什麼找我來談話，我是非常清楚的。你叫溝口的吧，你是想找個同樣是殘廢的人交個朋友吧，但你跟我比起來，以爲自己的口吃是那麼嚴重的嗎？你太珍惜自己了。所以就把自己的口吃也一樣地太珍惜了，不是嗎？」

以後知道了他同是臨濟宗的禪家之子時，才明白這最初的答問裡，多少是在炫耀著他的禪僧氣質。但不能否認這時我所受到的印象是強烈的。

「口吃吧！口吃吧！」柏木對著一時回答不出的我，有趣似地說著。「你，好容易才碰上能安心地口吃的對象啦。是吧？人們都是這樣地找著自己的搭檔的。這且不管，你還是童貞嗎？」

我不露出一絲笑地頷首。柏木的質問的方法，像個醫生，令我覺得不說謊是爲了自身的好。

「大概是吧，你是童貞啦，一點兒也不美的童貞。女人看不上眼的，也沒有嫖娼妓的勇氣，只是這些罷了。但是，假如你想找我做個童貞朋友的話，那就錯了。告訴你我怎樣失去了童貞吧！」

柏木不待我回答就述說了。

……。

……。

我是三之宮市近郊的禪寺的兒子，生來就是內翻足。……我這樣的開始剖白，你也許會以爲我是不論對象就講述身世的可悲的病人，但是我不是對誰都講這話的。說來很慚愧，我也是一開始就把你當作告白的對象的。這是因爲我覺得我所幹過的事，對你而言是最有價値的；照我所幹的事做，對你可能是最好的路子。宗教家這樣地嗅出信徒，禁酒家這樣地嗅出同志，這道理你一定也很淸楚的。

是啦。我一直對於自己的存在的條件，感到羞恥。認爲跟那條件和解、和睦相處以過日子，也就是承認敗北。要怨尤的話，可怨尤的事多著呢。雙親在我幼小的時候，應該給我施行矯正手術才對，現在已遲了。但我對雙親倒是不關心的，所以抱怨雙親，在我也是不耐煩的事。

我相信絕對不會被女人愛上。這是比別人所想像的，更安樂更平和的確信，大概你也知道的。不和自己的存在條件和解的決心，跟這個確信，未必是矛盾的。爲什麼呢？如果以我這狀態而相信會被女人愛上的話，那麼只在這一部分，我是與自己的存在條件成立和解的啦。我發現到正確地判斷現實的勇氣，和那判斷戰鬥的勇氣，是容易妥協的。如此一來，我就能認定我是四時都在戰鬥著。

這樣的我，我願意像朋友們那樣，靠娼妓來破童貞，不能不說是當然而然的啦。因爲娼妓不是爲了愛上客人而接客。老人也好、乞丐也好、瞎眼也好、美男子也好，不知道的話，痲瘋病也好，無不可成爲客人。如果是普通的人，該是安心於這種平等性，而去嫖第一個女人吧。但是我不欣賞這個平等性。五體俱全的男人同這個我，以同等資格被迎接，我是忍受不了的。那對我來說，令人覺得是可怕的自我冒瀆。如果我的內翻足這條件，被忽略、被漠視的話，那麼我的存在也就被抹殺了，這是說，我也被你現在所懷抱的恐怖感所捕獲住了。要整個地確認我的條件，就得下比一般人多數倍的奢侈的工夫。人生是非那樣不可的，我想。

把咱們與世界放進對立狀態下的可怖的不滿，只要世界或咱們的任何一方變化，便應該可以痊癒的，但我憎恨想夢見到變化的夢想，因而成了個極度憎恨夢想的人。但是，世界變化的話，我就不存在；俺若變化的話，世界就不存在，這種靠理論而達到的確信，反倒類似一種和解、一種融合。因爲世界是可以和本來面目的我是不能被愛這種思想共存的。而殘廢者最後的陷阱，不是從對立狀態的解消，而是從對立狀態的全面性承認開始的。如此，殘廢是不治的。……

這時，青春（這句話我是非常坦白使用的）的我的身上，發生了不可信的事件。寺裡信徒的女孩，以美貌聞名，是神戶女學校出身的有錢人小姐，以一個偶然的機會，向我表白了愛。我眞不能相信自己的耳朵。

由於我的不幸，我擅長於洞察人們的心理。所以不能那麼簡單地，把她的愛的動機認爲是發自同情，因而和她鬧彆扭。我知道只爲了同情，女人是不可能愛上我的。據我的推測，她的愛的原因就是特別強烈的自尊心。因爲太美了，十分明白做爲一個女人的價值，因此她無法容受有自信心的求愛者。無法把自己的自尊心和求愛者的傲慢放在天秤上。越是所謂之良緣，越是給她嫌惡。終於，在愛情上面的所有的均衡，都潔癖地拒斥了，（這一點她是誠實的）因此看上了我。

我的回答決定了。你會笑也說不定，向著女人我回答：「不愛妳。」還有以外的回答嗎？這個回答不但坦直，而且也沒有一點兒炫耀。對著女人的表白，以爲奇貨可居，而回答說：「我也愛著妳。」在我來說，未免滑稽得太過份，而近乎悲劇的。一個具有滑稽外形的男人，知道賢明地避開被錯誤地看成悲劇性。只因爲知道如果被看成悲劇性，人們便再也無法與自己安心相處的。爲了別人的靈魂，不要使自己顯得太悲慘，這比任何事物都來得重要。所以我乾脆地推說：「不愛妳。」

女人並不退縮，說我的回答是說謊。以後，女人爲了不傷我的自尊心，小心翼翼地想說服我的做法，眞是夠瞧的。對她來說，一個男人不愛她，是出乎想像之外的，如果有的話，他是僞裝的。她就這樣把我精密的分析剖開，認定我是老早就愛上了她。她是聰明的，假定她當眞地愛上我，那麼她也就是愛上了無從著手的對象：拿我不美的臉說成漂亮會叫我生氣；說我的內翻足美麗，我會更生氣；說不是爲了我的外表而是爲了內涵，我會更發火。把這些納入計算後，只是一直地說愛上我。甚而根據分析，在我心中也發現出與此對應的感情。

我對這種不合理，是接受不了的。結果我的欲望漸漸強烈起來，但卻也不以爲欲望會把她與我結合起來。如果她摒除別人而愛上我的話，則非有把我從別人分開的特別的東西不可，那就只有內翻足了。所以她雖不講出口但確是愛上我的內翻足，這種愛在我的思考中是不可能的。如果我的特別性是在內翻足以外的話，說不定愛是可能的。但若承認我的內翻足以外，尚有我的特別在，我的存在理由，我就會補充地承認這些東西，接著，會相互補充地承認別人的存在理由，於是終會承認被包在世界之中的自己。愛是不可能有的。她以爲愛我是錯覺，我愛她也是子虛烏有。因此，我反覆地說：「不愛。」

不可思議的是愛我愈說不愛，她就愈深地陷溺於我的錯覺中，有一天晚上，終於把身子投到我胸前。她的身體美得令人眩目，但是我竟成了個不能者。

這個大失敗，把一切都簡單地解決了。好容易她才證實了我不愛她，她於是離開了我。

我羞恥了，但與內翻足的羞恥相比，任何恥辱都微不足道了。令我狼狽的是別的事，「不能」的理由我是明白的。到了緊要關頭，想到自己的內翻足會觸上她的美足，我就「不能了」。這發現，使得發自絕對不被愛的確信的平安感，由裡頭崩潰了。

這是因爲那時候，我心中產生不太正經的喜悅，我是想靠欲望，靠欲望的遂行，來證實愛的不可能，但肉體背叛了我，我本來想以精神幹的事，竟讓肉體幹出來了，我碰上了矛盾。若不怕俗惡的表現，我是抱持著不被愛的確信，而夢想著被愛的，但在最後的階段裡，卻讓欲望來代替愛而安心下來。然而我明白了欲望在要求著忘卻我的存在條件，要求著放棄我的愛之唯一關門的不被愛的確信。因爲我相信欲望是更明晰的東西，所以一點兒也沒想到它需要夢見自己。

從這時候開始，比起精神，肉體忽然更令我關心了。但是自己無法化身爲純潔的欲望，只是夢想罷了。成了風似地，對方所看不見；自己卻能看得見一切，飄飄然接近對方，不留餘地地愛撫對方，甚至還潛入對方內部去。你在說到肉體的自覺的時候，大概會想像到持有質量，不透明，著著實實的「東西」的吧。我則不然，當我完成爲一個肉體，一個欲望的時候，那也就是我成爲透明的，看不到的東西，亦即成了風。

但驀地裡，內翻足來制止我。只有這傢伙絕對不透明，與其說那是腳，不如說那是一個頑固的精神。那是比肉體更確定性的「東西」，它存在於那兒。

人們以爲不借鏡子就看不到自己，但殘廢者隨時鼻端都掛著鏡子。那鏡子裡，一天二十四小時，都映著我全身，忘卻是不可能的。所以對我來講，被世間稱之爲不安的東西，簡直就是看戲而已。不安，是沒有的。我如此存在著，如同太陽或地球，美麗的鳥或醜惡的鱷魚的存在那般正確。世界像墓碑一樣地不動搖。

沒有不安，沒有立腳處，從這兒開始了我的獨創的生存方法。我爲什麼活著？這事使人們感到不安，因而甚至自殺。而我什麼也沒有，內翻足是我的生命的條件、理由、目的、理想、……只因那是生命的本身。光是生存，在我就已太充分了。原來存在的不安，是由於自己是不十分存在的這個奢侈的不滿而產生的，不是嗎？

我注意到自己的村裡，只有一個人住著的老寡婦。有人說六十歲，也有人說更多。在她亡夫的忌日，我代替父親去給她誦個經，她家裡沒有一個親戚，佛像前只有這個老婦人和我，誦完經，在別室喝茶的時候，因爲夏天，我託她給洗個澡。老婦人從我赤裸的背上沖水，當老婦人憐憫地看著我的腳時，我的心裡浮起了企圖。

回到剛才的房子，我一邊擦著身體，一邊一本正經地講起來。

我說：我生下的時候，母親夢見佛，佛告訴她，這孩子成人之後，誠心拜了這孩子的腳的女人，必得極樂永生。信心甚深的寡婦，手指捻著唸珠，楞楞地盯住我聽著。我馬馬虎虎地誦著經，掛著唸珠的手在胸前合掌，像死屍，赤裸裸地仰臥著。我閉上眼，口中還誦著經。

我如何地抑制笑聲，你可以想像。我的內心滿溢著笑，而我壓根兒也沒夢見自己。我知道老婦人邊誦著經，一邊頻頻拜著我的腳。我只想著自己被拜的腳，心裡被那滑稽弄得幾乎要窒息。內翻足、內翻足，只想著它，腦裡只見了它；那奇怪的形狀，那極端醜惡的狀況，那荒唐的鬧劇。事實上，每每叩頭的老婦人的髮絲觸了腳底時的癢癢的感覺，愈益煽起可笑感。

自從我以前接觸到那美麗的腳而不能的時候起，我似乎就對欲望有了錯誤的想法了。因爲這個時候，這醜惡的禮拜當中，我意識到自己昂奮起來了。一點也沒有夢見自己地！在這種毫無虛假的狀況之下！

我突然站起來，撞倒老婦人。那老婦人一點兒也不驚愕，我甚至覺得奇異的工夫都沒有。老寡婦就那樣躺著，一直閉著眼，繼續唸經。

奇妙的是我倒清楚地記得，這時候老婦人所誦的是大悲心陀羅尼的一節。

伊醯伊醯。室那室那。阿羅嘇。佛囉舍利。罰沙罰嘇佛囉舍耶。

你也知道的，意思是這樣的：「敬召請，敬召請。壞滅貪、嗔、癡三毒，守無垢清淨本體。」

我閉著眼迎接六十幾歲女人的沒有化妝、而被太陽灼黑的臉，我的昂奮一點兒也沒斷絕。接著是鬧劇的最高潮，我不知不覺地被誘導進去。

……。

但是，不能那麼文學地說「不知不覺」，我一切都看到了。地獄的特色，是每個角落都明晰可見。而且是在暗黑之中！

滿佈皺紋的老寡婦臉上，沒有美，也沒有神聖。但是那醜與老，在沒有夢見什麼的我的內心狀態中，彷彿給了不斷的確證。不管怎樣美的女人面孔，如果毫無夢想地來看，誰能說不變成這老婦人的臉呢。我的內翻足與這個臉，……是啦，要之，是目睹眞相支撐著我的肉體的昂奮。我現在才第一次以親近的感情，相信了自己的欲望。我知道了問題不在如何縮短我與對象之間的距離，而在爲了使對象成爲對象，應如何保持距離。

看吧。那時候，我發明了停止在那兒同時也是到達那兒的殘廢者的邏輯，從絕對不被不安來光顧的邏輯，我發明了色情理論。發明了類似人世間的人們所稱之爲沈溺的假構。依靠隱身披風或風般的欲望而達成的結合，對我而言只有夢，我非看著，同時也不留餘地被看著不可。我的內翻足與我的女人，那時候被扔出世界之外。內翻足也罷，女人也罷，都保持了與我同樣的距離。實相在那兒，欲望不過是假相而已。而在看著的我，一邊無限地墮落於假相之中，一邊朝向被看的實相射精了。我的內翻足與我的女人，絕不相觸、不結合，就彼此被投於世界之外……。欲望無限地昂進著，因爲那美麗的腳與我的內翻足已永遠不必再相觸了。

我想法不好嗎？需要說明才懂嗎？但那次以後，我已安心地相信「沒有愛」，這個你該懂吧，也沒有不安。世界永久停止，同時也到達。這世界，還有必要特別註明「我們的世界」嗎？如此，我就能夠把世間關於「愛」的迷濛，用一句話來下定義。那是「假相和實相結合於實相的迷濛」。不久，我明白了絕對不被愛的確信，正是人間存在的根本狀態。這就是我破了童貞的經過。

……。

……。

柏木講完了。傾聽著的我，好容易才透了一口氣。被強烈的感應所激動，我不能從接觸了從未曾想過的苦痛中醒過來。柏木講完後不一刻，四周的春天的陽光在我的身邊醒來，苜宿的草地光亮耀眼。從後邊的籃球場傳來的吵雜聲也復甦過來。但令人覺得雖然同是春之午晝，可是一切的意義全變了。

我不能一直保持沉默，想附合一下，因此口吃地說了笨拙的話。

「因此，你在那以後就成了孤獨人的囉。」

柏木還是冷冷地，裝著聽不淸楚的樣子，令我再說一遍。但是那回答裡，已經有了親切感。

「孤獨？爲什麼非孤獨不可呢？關於那以後的我，交往下去你就會漸漸明白的。」

午後的上課鈴響了。我正想站起來，柏木坐著粗魯地拉住我的衣袖。我的制服是臨濟學院時代的東西修改的，換了釦子的，布料已經很陳舊了。加上尺寸太緊，本來就瘦小的身子，更顯得一身窮相。

「這一堂是漢文課吧。太無聊，到那邊散步去吧。」

柏木這麼說，像要把一旦支解得零零散散的身體再一次組合一般地，非常費勁地站起來。令人想起在電影上所看到的駱駝的起坐。

我過去從不怠課，但想對柏木知道得多些，所以不願失去這個機會。我們走向正門去。

出了正門的時候，柏木那種非常獨特的走法，喚起了我的注意，使我起了近乎羞恥的感情，我竟會附和著世間一般的感情，覺得與柏木並肩而走是可恥的，這眞是奇異的事。

柏木使我明白了我的羞恥的所在，同時也促使我朝向人生。……我的一切羞愧的感情，一切邪惡的心，都被他的言語所陶冶，成了一種新鮮的東西。是因爲這個緣故吧，當我們踏著細沙，走出紅磚的正門時，正面可見的比叡山，呈現春日的滋潤，好像是今天第一次看到的山。

我還覺得，這也是和睡在我的周圍的許多事物一樣，以嶄新的意義再現的。比叡山的山頂是突兀高聳的，但山裾卻無限地擴張開來，恰如一個主題的餘韻，無限制的鳴響著。低矮的屋頂櫛比的那邊，比叡山的山襞的翳影呈現著濃淡不同的春色，埋在暗藍色中，只見那部份特別鮮明。

大谷大學門前行人稀少，汽車也少。從京都站前連到烏丸車庫前的市電車的路線，只有偶爾傳來的電車鳴響。通道的對方有大學運動場的古老門柱，與這邊的正門相對而立，左邊有嫩葉的銀杏並列。

「到運動場逛一會兒吧。」

柏木說。他領先越過電車道，猛烈地擺動全身，像水車似地狂奔著越過幾乎沒有車子的車道。

運動場頗廣大，是怠課或停課的學生吧，有幾組在遠處玩棒球，這兒有五、六人練習著馬拉松。戰爭結束不過二年，青年們又在想消耗精力。我想到寺裡貧乏的三餐。

我們在開始腐朽的滾動圓木上坐下，無意地眺望著橢圓形場上時近時遠的練習馬拉松的人們。這逃課的時間，就像剛做好的襯衣的清爽觸感，能從周圍的日照或微風的飄動感覺到。賽跑者苦苦的氣息結成一團，徐徐接近，留下隨著疲勞的增加而零亂的步聲，與舞起的塵埃，遠去了。

「傻瓜們。」一點兒也不像不服輸似地，柏木大聲說。「那樣兒到底像啥子？以爲那就是健康嗎？就算是吧，拿健康在人前炫耀，又有什麼價值？」

「運動到處被公開。正是末世的朕兆，應該公開的一點兒也沒被公開。應該公開的是……死刑啦。爲什麼死刑不公開呢？」做夢似的繼續說道。「戰時的安寧秩序，你不以爲是由於公開了人的死於非命而保全嗎？死刑不被公開，聽說是因爲認爲那會使人心殺伐，眞是不成話。空襲時收拾屍體的人們，都露出溫和、快活的樣子。其實看人的苦悶、血和臨終的呻吟，會使人謙虛，使人心變得纖細、明朗、溫和的。咱們會變得殘虐、殺伐，絕不是在那個時候。你不以爲咱們會突然變得殘虐，是在這種暖和的春天午後，在刈得整整齊齊的草地上，懵懂地眺望著樹葉間漏下的陽光在嬉戲的時候嗎？

「世界上所有的惡夢，歷史上所有的惡夢都是這樣產生的。但是人在白日之下，血漬斑斑地氣絕的情形，會給惡夢以明晰的輪廓，把惡夢物質化。惡夢不再是我們的苦惱，不過是別人的強烈的肉體上的苦痛而已。但是別人的痛苦，我們是感覺不到的。這是何等僥倖的呀！」

但是，現在我與其聽他的血腥的獨斷（當然那也是相當具有魅力的），毋寧更想聽他破了童貞之後的遍歷。我一股勁兒地從他期待「人生」，我暗示了這質問。

「女人嗎？嗯。我最近似乎能靠感覺就看出喜歡內翻足男人的女人，女人之中是有那一類的。喜歡內翻足男人，說不定就是那種女人的終生隱藏在內心的，甚至可能帶進墳墓的唯一的惡趣味，唯一的夢呢。」

「是啦。一眼就辨別喜歡內翻足的女人的方法是：她大體上是特出的美人，鼻子冷尖，但嘴角有幾分傻狀的……」

這時候有一個女人從對面走來。

第五章

那個女人並不是走在運動場上。運動場的外側，有一條緊接住宅區的馬路。馬路比運動場的地面低二尺光景，是從那兒走來的。

女人從宏壯的西班牙式邸宅的側門出來。有兩個煙囪、斜格子的玻璃窗、寬大的溫室般的玻璃屋頂的邸宅，給人以容易破壞的印象，但隔著路，在運動場的一邊豎著鐵絲網，那必然是因主人的抗議才架起的。

柏木和我是在鐵絲網邊的滾動圓木場。窺看了女人的臉，我不禁大吃一驚。那氣質不凡的面孔，正和柏木所告訴我的「喜歡內翻足」的女人的相貌一模一樣。但後來一想，這驚愕也夠傻，說不定柏木老早就認得那臉兒，一直夢想著吧。

我們等待著女人。在春天陽光的普照下，對面有深藍的比叡山峰，這邊有逐漸走近的女人。剛才柏木所說的，他的內翻足和那個女人，就有如兩個星球，各在不能相觸的實相的世界裡，他本身則無限地被埋於假相的世界裡去遂行其欲望，這一番奇異的說詞所給我的感動還一直沒褪去。這時雲朵飄過太陽，我和柏木被包於淡淡的陰翳之中，因此我們的世界，似乎頓時顯露出假相的姿態了。一切都是灰色不可捉摸，連我自己的存在都不捉摸了。只覺得對面比叡山的紫藍山頂和慢慢走來的氣質不凡的女人，二者在實相的世界裡閃耀，確實地存在著。

女人的確來了。但是那時間的推移，卻愈來愈激起痛苦似的，女人雖然漸漸接近，然而同時，那毫無關聯的陌生人的面貌，也隨之逐漸鮮明起來。

柏木站了起來。在我的耳邊，用沉重的、壓抑的聲音耳語：

「走吧！照我的話做。」

我不得不走。與女人平行、同方向，我們沿著離女人走的馬路兩尺光景的圍牆邊走著。

「從那兒跳下去。」

我的背被柏木的尖銳指尖推了一把，我跨過很低的石牆，跳下馬路。兩尺的高度算不了什麼，但是緊跟著，內翻足的柏木卻發出可怕的聲音，崩墜在我的身旁。當然他是跳不好翻倒的。

黑色制服的背脊在我的眼底下蠕動著，匍匐的姿影看來不像一個人，一瞬間我彷彿覺得那是無意義的大而黑的污點，是雨後路面的一灘混濁積水。

柏木崩落在女人走來的正前方，女人止步了。我屈膝想扶起柏木的時候，她的冷而高的鼻端、幾分不俐落的嘴角、潤滑的眼、從這一切的一切，瞬時，我看到了月光下的有爲子的面影。

但是幻影突然消逝，還未超過二十歲的女人，以輕蔑的眼光看我一眼，好像要走過去的樣子。

柏木比我更敏感的察覺到那樣子，他叫了一聲。那恐怖的叫聲，在無人的正午的住宅區裡回響著。

「好狠心！想丟下我不管嗎？是爲了妳才這樣的呀！」

女人回過頭戰慄著，用乾而細的指尖，在失去血色的臉頰上擦著。隔一會兒才問我：

「怎麼辦才好？」

已抬起頭來的柏木，定定地盯住女人，清晰地說了每一個字：

「難道說妳家裡連藥水都沒有嗎？」

沉默了一會兒，女人轉身，向剛才走來的方向回去。我扶起柏木，扶起的時候很重，逼來沉痛的氣息，但當我借給他肩膀走起來的時候，那身體卻意外地輕輕地走動著……。

——我跑起來，跑到烏丸車庫前的招呼站，跳上電車。當電車駛向金閣寺的時候，我才吁了一口氣，手掌滿是汗水。

擁著柏木，走到那西班牙式的洋房的側門，女人在前端正要進去的當兒，被恐怖搏擊的我，拋下柏木，連看都不敢看地逃回來了。也沒有折回學校的餘裕，一直地跑過靜寂的通道。從藥店、餅果店、電器店的前面跑過。那時候在眼角閃過紫色與紅色，覺得好像跑過天理教弘德分教會的前面似地，附有梅鉢的定紋的提燈連貫在黑塀牆上，門裡環張著同樣梅鉢的紫色幔布。

是向哪兒急奔的，我自己也不知道。電車開到紫野的時候，我才知道自己慌張的心是指向金閣的。

雖是平日，因爲是觀光季節，那一天環繞金閣的人群非同小可。當招待的老人，驚訝地看著撥開人群急奔向前的我。

這時，我站在揚起的塵埃與醜惡的群衆包圍的春之金閣前面。在招待員的吆喝聲中，金閣總是把一半的美隱藏著，顯得空恍恍地，只有池面的投影澄清無比。但隨意看來，好像「聖衆來迎圖」裡被諸菩薩圍住的彌陀；塵雲也像包籠諸菩薩的金色雲彩；金閣在塵埃裡模糊的姿態，像古老褪色的水彩畫。這混雜與喧騷，澄清地滲入纖細的木柱裡，被吸向小小究竟頂端緊接於逐漸細微而聳立的鳳凰的上空。建築物只存在於那兒，統制一切、規制一切。周遭的嘈雜愈激烈，西邊的漱清池、二樓上頂著突然變細的究竟頂的金閣，這不均勻的纖細建築物有如把濁水變成清水的過濾器。人群的私語囂塵，沒有被金閣所拒，滲入四壁皆空的柱子間，即刻被過濾成爲一種靜寂、一種澄明。而金閣如同一點兒不搖動的池面的投影，不知何時成就於地面之上。

我的心平和了，惶惶不安的恐怖減退了。對我而言，美之爲物，非如此不可。它把我從人生之中遮斷，把我從人生之中護衛開來。

「我的人生如果像柏木那樣子的話，請護衛我吧。因爲我無法耐得住。」我幾乎禱告似地說。

在柏木所暗示，並在我眼前表演的人生裡，生存與破滅只是同等意義而已。那人生裡，既欠缺自然，也欠缺像金閣的構造美，換句話說只是一種悲慘的痙攣而已。雖然我被大大的吸引，在那裡奠定了自己的方向也是事實，但首先非在充滿荆棘的生之破片中弄得雙手血淋淋不可的事實，叫我感到可怖。柏木把本能與理智以同等程度輕蔑了它。要像變了形的球，他的存在滾動著，想要衝破現實的厚壁，那是連一種行爲都算不上。要之，他所暗示的人生，是用未知的假裝來撞破欺騙我們的現實，再一次清掃世界使它一點兒也不含有未知的危險鬧劇而已。

這是因爲我後來在他的寄宿處看到如下的一張海報。

那是描畫日本富士山的旅行協會的美麗石版印刷物，在青空中浮起的白色山頂上，印著橫寫的字樣：「未知的世界在召喚著你！」柏木以狠狠的朱筆，把那字與山頂抹上斜斜的十字形，旁邊寫上令人想起內翻足步行時的飛躍字跡：

「未知的人生，叫人受不了。」

翌日，我憂慮著柏木的身體到了學校。拋下他而逃回去的事，回想起來也是令人覺得是充滿友情的作爲，所以並未感到什麼重大的責任，但萬一在教室裡看不到他的身影呢？講課即將開始時，我看到柏木依然老樣子地聳著肩膀進教室來。

休息時間，我急奔過去抓住他的手臂。這種快活的動作，在我可眞難得。他歪歪嘴角笑著，陪我到廊下來。

「傷不要緊吧？」

「傷？」——柏木憫笑似地看了我。

「我什麼時候受傷？嘿！你怎麼了，夢見我受傷的嗎？」

我無法接上第二句話。柏木讓我著著實實地等了一陣子，才說出底細。

「那是假的呀。我已練習過好多次那樣倒下去，看來很嚴重，其實不過巧妙地假裝出來罷了。但那女人不理就想走過去，卻是意料之外的。但是看吧，女人已經傾心於我了。不，這個說錯了，該說傾心於我的內翻足才是。那傢伙親自在我的腳上擦了碘酒哩。」

他提起褲管，讓我看染成淡黃色的小腿。

那時候，我好像看了他的詐術，當然我知道故意如此跌在馬路上，是爲了引起女人的注意，且僞裝受傷不是爲了隱藏他的內翻足嗎？不過這疑問並不是對他有所蔑視，相反的成爲增加親密感的種籽。我覺得他的哲學愈是充滿詐術，愈能證明他對人生的誠實程度。這是一種很純粹的屬於青年的感覺。

鶴川並未以好眼色看我同柏木的交往，給了我充滿友情的忠告，但我感到厭煩。不只如此，還爭辯說若是鶴川的話，大可找到好朋友，而我正好同柏木相配。那時在鶴川的眼中浮起的莫可名狀的悲悒之色，直到很久很久以後，我都以強烈的悔恨想起來。

×　×　×

五月。柏木爲了規避假日的人群，打算在平日告一天假到嵐山去遊玩。還恰如其份地說是如果晴天的話就不去，如果暗鬱的陰天就要去。他將帶那個西班牙的洋房的千金，而爲我預定帶他房東的小姐同往。

我們在通常被稱爲嵐電的京福電車的北野站相會。當天，幸運地正是七月裡難得的鬱悶的陰天。

鶴川好像家裡有了什麼事，請了一個禮拜的假回東京去了。他雖然不是會告密的人，不過這一來也就不必爲了在上學途中偷溜而對他感到不好意思了。

是啦，那遊山的回憶是苦澀的。不管怎麼說，那遊山的一行人都是年輕人，但青春所持有的暗淡、焦灼、不安與虛無感，把這遊山的一天塗上了一片灰色。而柏木大概早就看穿一切，所以才故意選上那樣暗鬱天氣的日子吧。

那一天，吹西南風，有時風勢忽然變強，但又突然地停止，飄來陣陣不安的微風。天空灰暗，但不致於完全不知道太陽的位置。雲的一部分，像多層衣著的襟口顯露的白胸似地放出白光，那白色縱令再模糊，也可知道其深處裡太陽的位置；但那又在突然之間被曇天的鈍色所融化了。

柏木的話不虛假，他眞的在二個少女的護擁之下，在查票口出現了。

一個確是那女人。高峻冷酷的鼻端，不俐落的嘴角，舶來質地的洋裝的肩上掛著水壺的美女。她的前面是微胖的房東小姐，穿著、容貌都遜色。只有小小的下巴與緊縮的嘴唇，顯得一點小姐氣。

在車廂內，就已失去遊山該有的愉快氣氛。柏木和那位千金小姐不停地口角著，雖聽不清楚內容，但千金小姐時而好像忍住眼淚似地咬緊嘴唇。那房東小姐一切毫不關心，只低哼著流行歌曲。忽然，她對著我說了這話：

「我家附近，來了一個很漂亮的插花先生，上一次，她給我講了一個很悲慘的羅曼史。戰爭中，女先生有了愛人，是陸軍軍官，就要上戰場了，在南禪寺作了別離的短暫聚首。雖是雙親未許的情侶，但別離之前，已經有了孩子，可憐流產了。軍官哀痛之餘，要求在這離別的一瞬，喝她的奶；時間不多，只好當場在淡茶裡擠了奶水，給他喝了。沒過一個月，那個情郎戰死了。從此以後，這個女先生堅守節操，一個人過日子。還那麼年輕，那麼漂亮的人呢。」

我懷疑我的耳朵。那戰爭末期，與鶴川二人從南禪寺的山門看到的難以置信的情景復甦了。我不想把那回憶告訴她，因爲如果一說出口，現在聽了這話的感動，會背叛了那時候的神秘感；如果不說出口，那麼現在的話不只是那神秘事的謎底，甚且將使神秘的構造變成雙層的加深神秘感。

電車那時候駛過鳴瀧地方的大竹林的旁邊。竹林正值五月凋零的季節，一片黃葉。林梢的微風使枯葉落在密集的叢中，但根部好像與此無關一般，一直到叢林深處雜亂地交叉著的粗竹幹靜悄悄的。只有電車疾馳而過的近邊的竹子，故意的大模大樣地搖著。其中有一株特別嫩青嬌艷的竹子留在我眼底。那根竹子彎曲的情形，以妖艷奇異的運動的印象，留在我眼底、遠去、消失……。

到了嵐山，來到渡月橋一端的我們，共拜了一下前此所忽略了的小督局娘的墓。

遵奉皇上的敕命，尋找爲了逃避平清盛大將而藏身於嵯峨野的局娘，源仲國太郎在仲秋明月之夜，循著微微聽得到的琴聲，找到局娘隱藏的家。那琴聲的曲名是「想夫戀」。現花流行的謠曲「小督」裡也提道：「明月出兮詣法輪，法輪寺兮尋琴韻。峰嵐兮、松濤兮，借問琴韻何曲名？想夫戀情曰想夫戀矣。」局娘以後就在嵯峨野的庵裡，憑弔高倉帝的菩提得道，過了後半生。

墳塚在一條細長的小徑深處，只不過一座被巨大的楓樹與凋朽的老梅夾住的小石塔而已。我與柏木供上應景的小經文。柏木的生硬、冒瀆似的誦經方法傳染了我，我也像一些學生們鼻哼似的心情草草讀了經，但是這小小的瀆聖卻大大地解放了我的感覺，令我揚揚得意。

「好個優雅的墳墓，原來是這麼寒傖呀。」柏木說：「政治的權力和錢力留下壯觀的、堂堂的墳墓。因爲那些傢伙們生前完全欠缺想像力，因而建造的墳墓自然也顯得像毫無想像力的樣子。但是優雅的，但憑彼此的想像力而存在，所以墳墓也是一樣，只留下除了勞動想像力之外別無他法的東西。我倒以爲這樣才可憐呢，因爲死後非繼續乞求他人的想像力不可呀。」

「優雅只存在於想像力之中嗎？」我也快活地搭上嘴。「你所說的實現，優雅的實相是什麼？」

「就是這個呀。」柏木的手掌劈啪地打在長滿蘚苔的石塔上。「石頭、或者骨頭，人死後留下的無機物。」

「可眞是很佛教的呀。」

「才不干佛教的屁事。優雅、文化、人間想像的美，這一切實相都是不毛的無機物。什麼龍安寺，那不過是石頭呀。哲學，也是石頭。藝術，也是石頭。說到人類的有機性關心嘛，眞糟透了，只是一個政治罷了。人類可眞是自我冒瀆的生物呢。」

「性慾是哪邊呢？」

「性慾嗎？可以說是中間吧。是人類與石頭之間的捉迷藏吧。」

我想對於他所想的美立即加以反駁，但兩個女人對議論厭煩起來，在小徑上折回去，只好追上。從幽徑望保津川，那渡月橋的北邊正是堰壩的部分。河流後邊的嵐山罩著陰鬱的綠色，只有河流的那部分，栩栩地延伸一線飛沫的白色；水聲響滿四周。

川上有不少小舟。但我們一行人沿河堤而前進，進了盡頭的龜山公園的門，只見紙屑散亂一地，知道今天公園中的遊客稀少。

在門口處，我們頻頻回首，再一次眺望保津川和嵐山的嫩葉景色，對岸小瀑布飛落。

「美麗的風景是地獄啊。」柏木又說了。

柏木的這種說法，我覺得是信口胡謅的。但，我學他，試把那景色當地獄來看。這努力並非徒勞。在這被嫩葉罩住的眼前景色裡，正有地獄在搖曳著。地獄似乎是不分晝夜，不論地方，隨心所欲地呈現著。好像只要我們隨意一叫，立即存在於那兒似的。

聽說是十三世紀裡移植過來的吉野山櫻花，已經全部凋落而成葉櫻了。一過花季，花兒在這土地上，不過像死了的美人的名字一般地被稱呼而已。

龜山公園裡最多的是松樹，因而這裡的季節色彩都不變動。廣大而起伏的公園，每棵松樹都亭亭玉立，在相當高度以上才長葉子，這樣多的裸露的樹幹，不規則地交叉著，公園裡的遠近感顯出一抹不安。

以爲要上昇突又下降的廣闊而迂迴的路，環繞著公園，到處有樹椿、灌木或小松樹，巨岩的白色石肌半埋在地下，滿開著一大片的紫紅色的杜鵑花。那顏色在陰鬱的天空之下，顯露著惡意的樣子。

我們從窪地處遢著鞦韆的年輕男女的身旁走過，登上小丘陵頂上，在那兒的油紙傘形的亭子裡休息。從那兒向東可一覽公園而無遺，向西可下望保津川的水流穿過林間。鞦韆的軋軋聲像咬齒聲，不斷地傳到亭子裡來。

千金小姐打開包袱。柏木說不要便當，原來不是說謊。她帶來了四人份的三明治，不容易得手的外國餅乾，還有補充佔領軍需要的除走私之外無法到手的珊特利威士忌。當時，聽說京都是京阪神地方走私買賣的中心地。

我是不善飲酒的，但還是和柏木一起先雙手合十，拿起玻璃杯。兩個女人喝了水壺裡的紅茶。

我對於千金小姐與柏木之間有那樣親密，一直還半信半疑。看來不好應付的女人，爲什麼那樣傾心於像柏木這個內翻足的窮書生呢？好像回答這疑問似地，喝了兩三杯之後，柏木說道：

「剛才我和她在電車裡吵架，那是因爲她被家人吵吵鬧鬧，迫著她和討厭的男人結婚。她立即變得意志薄弱想服輸了。因此，我說要徹底的破壞這婚事，半安慰半威脅了她呀。」

本來，這話是不該在當事人面前說出口的，但柏木未把坐在身邊的千金小姐看在眼裡。而聽了這話的千金小姐的表情裡，也不曾現出任何變化。柔柔的頸子上掛著陶珠的藍色項鍊，背著曇空，濃髮把過於鮮明的臉兒化暈了。眼睛過度地濕潤，因而只有眼睛給人以生動、赤裸的印象。不俐落的嘴角，依然微微張開著。那嘴唇與嘴唇之間的小隙縫裡，露現乾淨白皙的細銳門齒，令人感到那是小動物的牙齒似地。

「痛呀！痛呀！」驀地，柏木彎著身，壓著脛部呻吟起來。我也慌慌張張地俯身想要抱住他，但柏木的手把我推開，不可思議的冷笑的眼光瞅了我一下。我把手收回。

「痛呀！痛呀！」柏木逼眞的聲音哀叫了，我不禁看了身邊的她的臉。那臉上起了顯著的變化，眼神也變得慌亂，嘴上性急地戰慄著，只有冷而尖的鼻端無動於衷，成了奇異的對照，打破臉上的調和與均衡。

「抱歉！抱歉！就給你治療！現在馬上治療！」——她尖銳而旁若無人的聲音是我第一次聽到。她伸長脖子，環顧了周圍一下，立即在亭子裡的石頭上跪下，抱了柏木的脛部。湊上臉頰擦著，最後吻著小腿。

我再一次被那時的恐怖所搏擊。看了房東女兒，她無意地眺望遠方，哼著鼻音。

……這時候覺得陽光好像從雲間洩下來，但可能是我的錯覺也說不定。靜悄悄的公園的內部構圖中產生不調和感，包圍了我們的澄明的畫面，那松林、水光、遠山、白岩、點點杜鵑花……被這些東西充塞了的畫面的各角落，都令人感到滿遍細碎的龜裂。

事實上，該發生的奇蹟也像發生過了。柏木漸漸停止了呻吟。抬起頭，一仰臉看到我，還向我投了冷笑的眼色。

「好了！眞奇怪。開始痛起來的時候，經妳這麼一做，疼痛立刻就止。」

而後兩手抓起女人的頭髮。被抓了髮的女人，以忠實的狗的表情，仰望柏木而微笑。由於灰白色光線的作用，這瞬間，我在千金小姐的面孔上，看到了以前柏木說過的六十幾的老婦人的臉。

——但是完成了奇蹟的柏木卻變得快活了，近似瘋狂的快活。他縱聲而笑，驀地把女的抱在膝上而吻了她。他的笑聲在窪地的松梢之間回響著。

「爲什麼不張口呢？」對著靜默的我說：「爲了你，特地帶了小姐來的呀。是怕口吃會被恥笑嗎？口吃！口吃！她說不定正傾慕於口吃呢。」

「原來是口吃？」好像現在才留意到的房東小姐說：「這麼說，『三個殘廢』（戲目）已有了兩個角色啦。」

這話強烈的刺激了我，叫我無法再忍受。對她的憎惡感，伴同一種眩暈，奇異地轉移到突發的欲望上。

「兩組分別到那兒藏身起來吧，兩小時後再回到這亭子裡來。」

柏木望著還沒盪夠鞦韆的男女說道。

離開了柏木同千金小姐，伴著房東小姐，從亭子的丘陵上往北邊下去，而後登上向東迂迴的緩坡。

「那個人把小姐弄成『聖女』啦。又是那一手。」

她說。我非常口吃地反問道：

「怎麼知道的？」

「那個，知道的，我也和柏木有關係的呀。」

「現在已沒有什麼啦，但是一點不在乎啊。」

「當然不在乎。那種瘸子，沒辦法。」

這話兒反而增加了我的勇氣，使我能順暢地說出下一個反問。

「妳不是也愛上那個瘸子嗎？」

「別提了，那種青蛙似的腳。哦，是啊，那個人的眼睛倒很漂亮的。」

再一次我喪失了自信心。這因爲不管柏木怎麼想，女人是會愛上柏木所不自知的美質，而對於自己以爲無所不知的我的傲慢，使我拒絕了那種美質的存在。

——現在，我與她上了山坡的盡頭，來到靜靜的小原野。從松和杉之間，依稀可望大文字山、如意岳等遠山。竹林覆蓋了從這個丘陵直到街上的整個斜面。離開竹林的一側，有一棵還未落花的遲開的櫻花。那實在是遲開的花，我覺得那是口吃地、口吃地開，所以才落得這麼遲的。

我的胸口塞住、胃部感到沉重，不是因爲酒的關係。事到臨頭，欲望的重量就增加，從我的肉體離開而形成抽象的構造，壓到我的肩上來。那幾乎令人感到像是漆黑、沉重、鐵製的工作機械似的東西。

我很感謝柏木促我趨向人生的親切或惡意，前面已層次提到過了。中學時代弄傷了前輩的短劍鞘的我，已經明確地看出自己對人生光明面的缺乏。而柏木卻是教給我從裡側到達人生的黑暗通道的朋友。雖然那一看好像是撞進破滅之道，但卻也意外地富於術數，把卑劣變成勇氣，把我們所謂的惡德再一次還原於純粹的原動力，這可以叫做一種鍊金術。事實上，那也是人生啦。它能前進、獲得、推移、喪失。縱令不能稱爲典型的人生，但已具備了生的所有機能。如果在我們眼裡看不到的地方，有著一個「一切生都是無目的」的前提的話，那更是與其他通常的生等價的生存了。

縱使柏木這人也不能說沒有酩酊的吧，我想。我早知道任何暗鬱的認識，也都潛藏著一種醉意。而使人醉的東西，反正就是酒。

……我們坐下來的地方，正是褪色腐蝕了的杜鵑花叢下。我不明白爲什麼房東小姐那樣樂意同我交遊。我常對自己故意使出嚴酷的表現，但我不明白爲什麼女孩會有「污濁」自己身子的衝動。世間該有羞恥與充滿溫柔的無抵抗，但女孩那微胖的小手，像麕集於午睡者身上的蒼蠅般地，讓我的手停住。

但是長長的接吻與小姐軟柔的下巴的觸感，使我的欲望甦醒過來。雖是非常夢想的東西，但現實感卻淺而稀薄，欲望在別的軌道上奔馳著。灰白的天空、竹林的瑟瑟、伏在杜鵑花葉上的七星牛角蟲的拚命的登攀……，這些東西，依然沒有什麼秩序，零零散散地存在著。

我竭力逃遁把眼前的小姐當欲望的對象的想法。應該想到這就是生，應該想到這是爲了前進，獲得的一個關門。如果逃逸了現在這個機會，恐怕人生將永遠不來找我吧。

這一想，我的心即如話被口吃阻塞而難以出口時似地，百千個屈辱的回憶懸掛著。我應該決然開口；雖然口吃也該說些什麼、該把握生命。柏木那刻薄的催促：「口吃吧！口吃吧！」不客氣的叫嚷，在我的耳邊復活、鼓舞了我。……我終於讓手滑向女人的衣裙那邊。

就在這時候，金閣出現了。

充滿威嚴的、憂鬱纖細的建築物。像這兒那兒留下剝落的金箔的豪華的屍骸般的建築物。在說近卻又覺很遠，似親近卻又遠隔的不可解的距離上，四時都浮現著的澄明的金閣。

那是在我與我所企向的人之間聳立，開始是像工筆畫的小巧的東西，漸漸變大，一如那巧緻的模型裡，幾乎包容整個世界的巨大金閣；它淹沒了圍住我的世界的每個角落，成了恰恰合這個世界的大小的東西。像巨大的音樂充塞世界，只依靠音樂就能夠把世界的意義充實似地。有時候覺得那麼疏遠我、屹立於我之外的金閣，現在完全把我包住、在其構造的內部容納了我的位置。

房東小姐漸遠漸小、塵埃似地飛去。她既被金閣拒絕，我的人生自然也被拒絕。毫無遺留地被美包住，怎麼還能向人生伸手呢？就是從美的立場來說，也是有要求我死心的權利吧。一邊的手指接觸永遠，一邊的手指接觸人生，這是不可能的。對於人生的行爲的意義，如果是在對於某瞬間宣誓忠實，使那瞬間停止的話，也許金閣會知悉這一切，在短暫的時間裡取消對我的疏遠，金閣親自化身爲那瞬間，告知我對人生的渴望的空虛。在人生化身爲永遠的瞬間，雖然使我們陶醉，但是和像現在的金閣那樣，化身爲瞬間的永遠比起來，是微不足道的。美的永遠的存在，眞正阻擾著我們的人生，荼毒我們的人生，正是這個時候，「生」所顯示給我們的瞬間的美，在這種荼毒之前，是脆弱的。它會立即崩潰、滅亡，甚至把生本身也呈露在滅亡的灰白光芒下。

……我在幻影的金閣的完全擁抱下的時間並不太長。回到自我的時候，金閣已經隱去了。那不過座落在東北、離這兒遙遠的衣笠地方，現在也原原本本存在的一個建築物而已，自然也是看不到的。金閣那樣地容納了我、擁抱了我的幻影的時光已成過去。我橫臥在龜山公園的山頭上，周圍只有隨伴著草花與昆蟲的遲鈍飛翔的，一個放恣地仰臥著的女孩而已。

女孩對我的突然的退縮，投過來白眼起了身。扭了一下臀部，背著我坐著，從提包裡掏出鏡子照了照。沒有說什麼，但那輕蔑的樣子，像刺在衣服上的秋天的芒草，刺遍了我的每一塊肌膚。

天空低垂。輕輕雨滴，打在四周的草或杜鵑花葉上。我們慌慌張張地站起來，急忙奔向剛才的亭子。

×××

那一天給我留下了暗淡的印象，雖然部份是因爲遊玩以不如意事告終，但也不全因此。原來那天晚上在開枕之前，從東京來了給老師的電報，立刻當衆宣佈出來。

鶴川死了。電文裡只簡單地寫了因事故而死的話，以後才知道詳細情形是這樣的：前一天晚上，鶴川到了淺草的伯父家，不慣於酒的人卻喝了酒。歸途中，在車站附近，被從橫巷裡衝出的大卡車撞倒，頭蓋骨破了當場斃命。家人想起該打電報到鹿苑寺已是在翌日午後。

我流了不曾爲父親流過的眼淚。因爲我覺得鶴川之死比父親之死，更關係到我切身的問題。自從認識柏木以來幾乎疏遠了鶴川的我，失去之後才知道，我與光明的白晝世界相連的一縷絲線，由於他的死而斷了。我爲了喪失白晝、喪失光明、喪失夏天要哭泣。

縱使想飛到東京去弔唁也沒有錢。從老師得來的零用金每月不過五百元。母親比以前更窮，年裡一兩次，每次寄來二、三百元是最多了。她之所以整理家產寄寓於加佐郡的伯父家，也是因爲丈夫死後只靠信徒們每月不足五百元的救濟與市府的些微補助金是難以過活的。

我既沒看到鶴川的屍骸，也沒有參加葬列，我心裡不知怎樣才能證實鶴川之死。從前他沐浴著從樹葉間洩下的陽光、激起波浪似的白襯衣的腹部，現在還在燃燒著。像那樣地只爲了光亮而被塑造，只適合於光亮的肉體與精神，誰能想像被埋於墓中而長眠呢？他壓根兒沒半點夭折的朕兆，沒有不安與憂愁，一點兒也沒有類似於死的要素。他的突然之死說不定正因爲這些吧。純種的動物生命都是脆弱的，同樣地鶴川可能只由生的純粹成分造成，因而沒有防死之術。我正好相反，好像註定要長壽得受咒詛的。

他所住的透明世界的構造，常常對我是一種不可解的謎，而由於他之死更使謎變得可怕。正如碰撞到透明而不太看得淸楚的玻璃一樣，橫衝上來的卡車把這透明的世界粉碎了。不是因病而死的鶴川之死，多麼吻合於這個比喻；因車禍而死的純粹之死，正相符於他的生之純粹無比的構造。僅由於瞬時的衝撞的接觸，他的生和他的死化合了。迅速的化學作用。……無疑的，除了這種過激的方法之外，那沒黑影的奇特靑年，是無法和自己的影與自己的死相結合的。

縱令鶴川所住的世界充滿了光明，感情或善意，亦可斷言他不是依誤解或自我陶醉的判斷而住在那兒的。這世界裡少有像他明朗的心，被一種力量、一種堅韌的柔軟支撐著，就那樣成了他的運動的法則。他把我的暗色感情一一翻譯成光明的感情的作法，眞是無比的正確。由於那光明過分地熱遍了我的黑暗，過分地表現了詳細的對比，時而被懷疑鶴川或許把我的心如實地經驗過似的。其實不然！他的世界的光明面，是純粹的，也是偏頗的，它成功了本身的細緻的體系，那精密程度幾乎近於罪惡的精密程度也未可知。如果不是這青年的不屈不撓的肉體之力，不斷的支持它而運動的話，說不定那光亮透明的世界會突然瓦解。他莽撞地跑著，而卡車輾過那肉體。

成爲鶴川給人好感的根源的那明朗容貌，雍容的體態，現在雖已喪失，但更引誘我落進關於人類可視部分的神秘思考。我想到了我們眼睛可及的一切，能夠行使那麼光亮的力量，是多麼不可思議。精神爲了持有如此素樸的實在感，不知費了多少工夫向肉體學習。佛說禪以無相爲體，得知我心無形、無相謂之見性；但能看到無相的見性的能力，恐怕又非對形態的魅力具有極度銳敏不可。不能以無私的銳敏看形或相，怎麼能那樣淸楚地看到、淸楚地知道無形或相呢？像鶴川只靠存在就能放出光芒的，能與它目接手觸的，該說是爲了生而產的東西，在已喪失了的現在說來，那明晰的形態，也就是不明晰之無形態的最明確比喻，那實在感是無形之虛無的最實在的模型，他那個人不是正合這個比喻嗎？比方說，他與五月花的相配、相稱，正由於這五月的突然之死而與被投到他的靈柩上的花兒相配、相稱了。

我的生命裡缺欠像鶴川的生命那種確切的象徵性，只爲了這一點，我也是需要他。而最令人嫉恨的是，他毫無一點像我所有的獨自性、或擔負獨自之使命的意識。這獨自性也就是把生命的象徵性，換言之，就是他的人生，亦即是別的什麼東西的比喻的象徵性剝奪了，從而剝奪了生命的擴展與連帶感，成爲產生永遠無法擺脫掉的孤獨感的本源，這眞是不可思議的事。我連與虛無的連帶感都沒有。

×　×　×

我的孤獨又開始了。我沒有再見過房東小姐，同柏木也不像從前那般親密了。柏木的生存方式的魅力還緊抓住我，但總覺得稍稍地拒抗和疏遠，也就是對鶴川的敬意了。我寫信給母親，強調在我成功之前絕不要來訪。這話從前也當母親的面前說過，但似乎非再一次以強硬的語調寫下便不能安心似的。回信裡，以訥拙的文詞說忙著幫伯父的農業的情況，或一些單純教訓，末了，加上這句說：「等著看到你成爲鹿苑寺的住持，我才要死。」我憎恨這一行字，以後幾天，這一行字一直令我不安。

整個夏天，我沒去過母親的寄居處。由於餐食貧乏，夏天威脅了身體。過了九月十日的某一天，有了巨型颱風警報，需要有個人到金閣值夜，我把這差使申請到了。

似乎這一陣子開始，我對金閣的感情起了微妙變化。不是憎恨，而是預感到我體內徐徐萌芽的東西，無疑的將與金閣發生不相容的事態。自從龜山公園的那個時候起，這感情已明白的產生，但我不敢命名它。然而這一夜的差使給我的是禁不住的喜悅。

究竟頂的鑰匙交給了我。這三層樓上的楣間，離地面四十二尺的高度，北朝的後小松帝的御筆的匾額，崇高地掛著。

收音機頻頻報導颱風接近的消息，但一直看不出有颱風的樣子。午後的陣雨已停，夜空，光輝的滿月上昇了。寺裡的人到庭院來看看天，互告這是暴風雨的沉寂。

寺，靜著。我一個人在金閣，待在月光照射不到的地方，想到金閣的奢侈的闇黑包住我，精神恍惚了。這現實的感覺漸漸深沈地包涵著我，終而成爲幻覺。醒過來時，我知道我現在如實地存在於那次龜山公園上把我從人生隔離的幻影裡。

我孤獨存在，絕對的金閣包住我。說我擁有金閣嗎？還是說我被擁有？或者是不是一種稀有的均衡產生，而形成我就是金閣、金閣就是我的狀態。

風勢從午後十一點半起變強。我持手電筒上樓去，把鑰匙插進究竟頂的鎖洞。

依憑究竟頂的勾欄小立，風來自東南面，但天空未起任何變化。月兒在鏡湖池的水藻之間輝映，蟲聲、蛙聲響遍四周。

最初的強風打在我臉頰的時候，幾乎可以說是官能性的戰慄閃過我的膚肌。風勢從此劫風似地無限增強，好像要把我向金閣吹倒似的。我的心在金閣裡面，同時也在風的上面。規定著我的世界的構造的金閣，沒有被風吹動的帷幔，自若地沐浴著月光，但風，我的兇狠的意志，不知不覺地搖撼金閣、喚醒金閣，並在倒塌的瞬間把金閣的倨傲的存在意義奪去。

是啦。那個時候我被美所包圍，正處於美的裡面，但若沒有被無限趨強的暴風的意志所支持的話，我能否如此地被包於十全的美之中，是頗堪懷疑的。像柏木叱咤我「口吃吧！口吃吧！」似地，我試著叫喊了鞭打著風、激勵著駿馬的話。

「加強！加強！再快！再用力！」

樹林在喧嘩，池邊的樹枝相碰撞。夜空失去了平靜的藍色，呈現混濁顏色。蟲聲依然，而似要驚擾它們的遠處神秘的風之笛音，愈趨接近。

我看到了月亮前面雲朵大量地飛過。從南向北，從群山之後，陸續滾出像大軍團的雲。有厚厚的雲，有薄薄的雲，有廣大的雲，有幾個雲的小斷片。這些全部由南方出現，滑過月亮前面，覆蓋住金閣的屋頂，好像有什麼重大的事一般地急急跑向北方去。

我的頭上，彷彿聽到金鳳凰的叫聲。

風忽靜又忽強。森林敏感地豎起耳朵，突而沉靜，突而喧嚷。池裡的月影亦隨之忽暗忽明，時而痙攣起一陣散光，迅速地掃過池面。

蟠踞群山那邊的積雲，像一隻巨手似地伸向整個空間，聲勢萬鈞地蠢蠢而近。在斷雲之間可見的明澄的半面天空，也在瞬刻之間被雲覆蓋了。但極薄的雲滑過時，透過它，可眺望到描畫著朦朧光輪的月。

整夜，天空如此移動，但也不像風勢會更強，我在勾欄邊睡著了。天晴的早晨一早，寺裡的老人來喚醒我，並告訴我颱風幸而避過京都吹過去了。

第六章

我記得為鶴川服喪，達將近一年之久。孤獨一開始，我便容易習慣於它，我再一次明白過來，與誰都不開口的生活，對我而言是最不需努力的事。對生的焦躁已離我而去，死去的每天是愉快的。

學校的圖書館成為我唯一的享樂場所，在那兒不讀禪籍，隨手翻閱翻譯小說或哲學之類的東西。在這兒我不便把那些作家或哲學家的名字列舉出來。因為那些人多少影響了我，成了以後我的行為的因素，但我倒願意相信行為是我的獨創，因為我不願那行為被歸納於某些既成的哲學的影響。

從少年時代起，不為別人所理解成了唯一的矜持，我之一直沒有想使別人理解的衝動，前面已述說過。我總想使自己不必任何斟酌就明晰起來；但那是否來自欲求理解自己的衝動，是頗堪懷疑的。因為這種衝動是依人類的本性，自然成為與他人之間的橋樑。金閣之美所給予人的酩酊，把我的一部分弄得不透明，這酩酊把其他所有的酩酊從我處奪去，為了與之對抗，另外非憑自己的意志確保明晰的部份不可。如此，別人如何我不知道，對我而言，明晰才是我的自我；相反的話則我不是明晰之自我的所有人了。

……進了大學預科的第二年，昭和二十三年的春假。那天晚上老師不在家，幸得自由的時間，而沒有朋友的我只好一個人散步消遣。出了寺，穿過大門。大門的外側有條水溝環繞，水溝的旁邊立著告示牌。

雖然是長久看慣了東西，但我還是回過頭無聊地讀了被月光照射的古老告示牌的文字。

注意

一、非獲許可，不得改變現狀。

二、其他不得有影響保存之行爲。

務請注意，犯者將依國法處罰。

昭和三年三月三十一日　內政部

告示牌所說，明白地是關於金閣的事。但那抽象的文句不知在暗示什麼，只覺得不變不壞的金閣與這種告示牌是不相干的。好像這個告示牌預定了什麼不可解的行爲，或不可能的行爲。立法者也許爲了概括這種行爲而傷透腦筋的吧。爲了要懲罰非狂人不敢企圖的行爲，事前應該如何地威嚇犯者，也許需要除了狂人之外讀不懂的文字吧。……

當我想著這沒來由的事的時候，門前的廣闊鋪道上，出現了向這兒走來的人影。白天的觀光人群全部消失，只有被月光照出的松影和對面電車道上交馳的汽車的前燈燦光佔有著這一帶的夜。

我突然認出那影子是柏木，看那走法就知道的。此刻，長久的一年來，由我主動的疏遠立即被我束之高閣，而想起的只是感謝過去曾被他治癒之事。是啦。從開始認識的時候起，他那內翻足，無所顧忌的傷人言辭，那徹底的告白，把我殘缺的思想治癒了。我那個時候，領悟了自己能同等地與人交談的喜悅。體味到讓自己沉潛在口吃和尚的確切意識裡，而做出惡德行爲的喜悅。與此相反的，與鶴川交往時，這些意識通常都是被拭去的。

我笑臉前迎柏木。他穿著制服，手裡拿著細長的小包。

「外出嗎?」他問。

「不……」

「剛好。是這樣的……」柏木在石階上坐下，解開包袱。出現了兩管放出黑色光澤的洞簫。「上一次故鄉的伯父去世時，我得到了這遺物洞簫。不過我從前跟父親學簫時他給我的洞蕭還在，這遺物好像是名器，但我還是用慣了的東西好，有兩個也是沒用，想送你一個所以才帶來了。

從來也沒有從他人得到餽贈的我，不管什麼，餽贈總是高興的。拿在手裡看看，前面有四個洞，後面有一個。

柏木繼續說：

「我學的是琴古流。難得的月亮，可能的話，想在金閣那邊吹吹。也想教點兒給你。……」

「我想現在可以的。老師不在家，老頭兒偷懶，還沒掃完地。掃完之後，就要關金閣的門了。」

他的出現太唐突，因爲月色好而要在金閣吹洞簫的提議也更唐突，一切的一切背叛了我所認識的柏木的影像。縱使如此，對於我的單調的生活而言，受驚本身已經是喜悅了。我手握獲贈的洞簫，帶領他走向金閣。

那天晚上，我同柏木講了些什麼話，已記不太清楚。大概也不是什麼大不了事，主要的是由於柏木沒有把平時那奇異的哲學或帶毒的反調說出口。也許他是想把我想像之外的他的另一個側面故意向我表示，所以才來找我也說不定。誠然，似乎只對美的冒瀆感覺興趣的這個毒舌家，向我顯示了極其纖細的另一面。對於美，他比我懷抱著更精密的理論。那不是用口頭，而是以動作、眼睛、還有吹出來的洞簫的曲，或向月光中突出的額頭表達出來的。

我們倚靠在二樓的潮音洞的欄杆上。緩緩翹起的簷蔭下的廊子，從底下被八根典雅的天竺式的挿肘木支撐著，向停泊著月兒的池面伸出。

柏木首先吹「御所車」的小曲，他的巧妙使我深爲驚異。模仿他，把嘴唇抵在吹口上，卻吹不出聲音。他教我首先用左手握住上方，怎樣把吹口抵住下巴，嘴唇的張開方法，把幅度大而薄片似的風吹向吹口等訣竅，懇切而詳盡。我試了幾次還是不成聲，兩頰、眼睛都盡了力氣，彷彿泊於池面的月光都散成千萬碎片，雖然沒有風吹。

疲憊至極的我，有時不由地懷疑起柏木是爲了故意嘲弄我的口吃，才強迫我做這種苦事。但漸漸地，試著要吹出聲音的肉體上的努力，好像把畏懼口吃而要把最初的言語說成圓滑的平時的精神上之努力加以淨化了。覺得這沒出來的聲音，在這個月亮撫照之下的靜寂世界的什麼地方，既經確實地存在著。我只要盡種種努力到達那聲音、喚醒那聲音便好了。

怎樣才能到達那種像柏木吹出來的靈巧聲音？沒有別的，只有熟練使它可能，美就是熟練，柏木雖有那雙醜惡的內翻足，但能到達澄清美麗的音色，同樣地我也能由熟練而到達，這種想法使我勇氣倍增，但是也產生了別的認識。柏木的「御所車」的音調所以聽來那麼美，不只是因爲有明月之夜爲背景，豈不是同時也因他的醜惡的內翻足之故嗎？

熟悉柏木以後才知道，他討厭能夠長久保持的美。立即消逝的音樂，或者幾天以後就枯萎的插花，他的愛好只限於這些，而憎厭建築或文學。無疑地，他之所以來了金閣，只爲索求月亮撫照之間的金閣而已。然而，音樂的美又是多麼不可思議呀！吹奏者所造成的那短暫的美，把一定的時間化成純粹的持續，確實地不被反覆，不如蜉蝣那樣的短命生物，那是生命的完全的抽象、創造。沒有比音樂更像生命的東西；同樣是美，但沒有比金閣更遠離生命、侮蔑生命的了。在柏木奏完「御所車」的瞬間裡，音樂這架空的生命就死去，他的醜惡肉體和暗鬱的認識，絲毫未受創傷，未被改變地遺留在那兒。

柏木所冀求於美的，確實不是慰藉！在不言不語之中，我不明白了它。他喜歡的是當他把氣息吹向洞簫，在短暫的時間裡，於空中造成了美之後，他自己的內翻足與黑暗的認識比以前更鮮明地留下來。美之無益，美之通過體內而不留痕跡，它之絕對不能改變任何事物……柏木所愛的就是這個。如果美對我也是像那樣的話，我的人生不知道要變得怎樣輕鬆呢。

……依柏木的指導，我不厭其煩地一再嘗試。臉上充了血，氣也急迫了。就在這當兒，我好像突然變成鳥兒，從我的咽喉洩出像鳥兒的啼聲般地，洞簫響了粗野的一聲。

「就是這個。」

柏木笑著叫了。絕不是美麗的聲音，但同樣的聲音源源而出。這時候，我在不以爲是屬於我的這神秘聲音裡，夢見了頭上的金銅鳳凰的啼聲。

×××

以後，照著柏木給我的練習本，我每天晚上勤於洞簫的學習。隨著能吹「紅日照大地」等曲時，我已同他回復到舊日的親交了。

五月裡的事，我想非向柏木回送什麼禮物不可。但又沒有錢，乾脆向柏木說明，回答的是不要什麼花錢的禮物，他奇妙地歪歪嘴角說了如下的話：

「是啦。既然這麼好意，那麼想要的東西倒是有的。最近頗想插花，但花兒昂貴。剛好這個時候金閣盛開著菖蒲或杜若花吧。杜若花四、五枝，花蕾也好、剛要開的也好、已開了的也好；加上木賊草六、七枝，摘來給我好嗎？今天晚上也好。晚上，能不能送到我的寄宿處？」

我未曾思索地輕易接受之後，才注意到其實他在唆使我當小偷。但爲了面子，無論如何我非當花賊不可了。

那天晚上的「藥石」是麵食。只有又黑又大的饅頭裡夾了青菜而已。幸虧是禮拜六，午后免除坐禪，要出去的人都出去了。今晚是「內開枕」，早睡也好，十一時爲止外出也行，況且明早兒是「睡忘」，睡過時間也可以。老師也已經外出了。

過了六點半之後，日頭才漸漸沉落，風吹起。我等了初更的鐘聲。到了八時正，中門左側的「黃鐘調」，響起了餘韻悠長、高揚明澄的音色的初更十八響。

金閣的漱清亭旁邊，蓮沼池的的水注入鏡湖池，形成一個小瀑布，半圓形的木柵圍著這個瀑布。杜若花就群生在這周邊，這幾天花兒眞美。

杜若花的草叢因夜風而騷動著。高高挺起的紫色花瓣，在靜靜的水聲中戰慄著。那一帶光線深暗，紫花或葉子的濃綠看來都成黑色。我想採摘兩、三枝杜若花。但隨著風，花與葉騷擾起來而逃開我的手，一張葉片切了我的手指。

當我抱著木賊草與杜若花來到柏木的宿舍時，他正躺在床上看書。我怕碰到那房東小姐，幸虧她不在家。

小小的偷竊行爲叫我感到快活。每次與柏木聯結在一起的時候，我都會有小小的背德或小小的瀆聖或小小的罪惡行爲，那是一定能叫我快活的，但我並不知道這種罪惡的分量愈增加，快活的分量是不是也隨之無限際的增加。

柏木欣喜異常地接受了我的贈品。而後到房東太太的地方，去借水盆與水桶。家是平房，他的房間是獨立的四疊半房間。

我取過豎在牆凹的他的洞簫，把嘴唇湊上吹口，吹起短短的練習曲，這下子吹得很成功，使得回來的柏木大爲驚奇。但是今晚的他，已不是來到金閣時的他了。

「吹洞簫倒一點也不口吃呢。我是想聽口吃的曲子，所以才敎了你洞簫的。」

這一句話，使我們回到初見面時的同樣位置。是他取回自己的位置的，因而我倒能夠輕鬆地問起那個住在西班牙房子的千金小姐。

「啊，那個女人嗎？結婚了。」簡單的回答。「我敎了她怎樣才不被發覺不是處女的方法，對方的新郎是個很乖的人，大概搞得很不壞吧。」

他邊說邊把浸了水的杜若花一根一根地取上來而凝神觀賞著，把剪刀放進水裡，在水中剪了莖。他手中的杜若花的影子，大大地投射在他他米上而蠕動著。接著。突然又說道：

「你知道『臨濟錄』的示衆章裡有這麼一句名句嗎？『遇佛殺佛、遇祖殺祖……』」

我下腔：

「『遇羅漢殺羅漢，遇父母殺父母，遇親眷殺親眷，始得解脫。』」

「對啦，就是那個。那女人就是羅漢啦。」

「那你也解脫了嗎？」

「唔……」柏木把切了杜若花弄齊，邊觀賞邊說道：「殺得還不夠。」

清湛著水的水盤內面被塗成銀色。柏木專心地弄直彎曲了的插花臺。

我無聊了，只好談著：

「你知道『南泉斬貓』的公案吧。老師在終戰的時候，集合大家說了那段話呢。……」

「『南泉斬貓』嗎？」柏木把木賊草的長度量了量，而後插進水盤裡回答說：「那個公案嗎？那是在人的一生裡，變成各種各樣的形態，一再的出現的，那是很嚇人的公案。每在一個人生的轉變跟它碰上時，同樣的公案，姿態、意義也會變。都是因爲南泉和尚斬的那隻貓做的怪。知道那隻貓很美嗎？是美得不得了。眼睛是金色，毛色艷麗，那巧小柔軟的身體裡，這世間所有的逸樂與美，都像彈簧似地捲藏在裡面。大抵註釋者都漏掉了貓是美的凝塊這一點，除了這個我之外。但是那隻貓突然從草叢中跳出，好像故意地放出溫柔狡猾的目光而被捕捉，這就成了兩堂之爭的原因了。爲什麼呢？因爲美這東西是可以委身於任何誰的，但都不屬於任何誰。美這東西，對啦，怎麼才好呢？像蛀牙吧。它會刮舌頭，痛，主張自己的存在。終於痛得沒辦法，請牙醫生給拔掉。把沾血的小小茶色而污穢的牙齒放在自己的掌上看著，人們不是這麼說嗎？『就是這個嗎？原來就是這小東西嗎？使我疼痛，使我不斷地想起它的存在，而頑固地長根於我之內部的東西，現在不過是死的物質而已。但是那個與這個眞是一樣的嗎？如果說它本來就存在於我的外面的話，那它憑什麼因緣，連結到我的內部，成了我的痛苦的根源呢？這傢伙的存在是根據什麼的？那根據在俺的內面嗎？或者是它本身呢？不管怎樣，從我身上拔除而放在我掌上的這傢伙，到底是絕對的他物啦，絕不是那東西。』

好嗎？美就是這個樣子。所以斬了貓，看來就好像拔除蛀牙、剔抉了美似的，但能不能說那就是最後的解決，沒有人知道。因爲美的根是斷不了，逃不了的，縱使貓已經死了，但說不定貓的美還是沒死。於是爲了諷刺這種安易的解決，趙州把鞋子頂在頭上了。可以說，他知道除了忍耐蛀牙的疼痛之外，別無解決的辦法。」

不愧爲柏木式的解釋，但叫人感到那是大概借題發揮，洞悉我的內德，諷刺了那個沒有解決的公案。我開始眞正地怕起柏木來。因爲害怕那種沉默，所以再問。

「那麼你是哪一邊的？南泉和尙嗎，還是趙州？」

「這個，是哪一邊呢？目前看來，我是南泉，你是趙州，但不知哪一天，你成了南泉、我成了趙州也說不定。因這公案會『貓眼似的』變化呀。」

說話之間，柏木的手也不停地微妙的動著，把生鏽的小插花臺排在水盤當中，把木賊草並排插上去以後，把三瓣葉的葉組整過的杜若花配上去，逐漸造成「觀水型」的插花。被洗淨了的白色或褐色的細小、清明的碎石，被堆積在水盤的旁邊等著完成。

他的手的動作只能以漂亮來形容。小小的決斷依次而下，對比與均整的效果正確地集中，自然的植物在一定的旋律之下，被移到看來鮮明的人工的秩序裡。原有的花與葉，頃刻之間，變成應有的花與葉，那木賊草或杜若花，再不是同種植物的無名的一枝一葉，而成了木賊草、杜若花的本質的極爲簡潔的直敘性表現。

但他的手的動作裡也有殘酷。對於植物，他表現得好像擁有不快的陰暗特權。不知是那緣故，每當剪刀聲響，莖被剪斷時，我似乎看到血滴滴淌下。

「觀水型」的插花完成了。水盤的右端，木賊草的直線與杜若葉的淸潔曲線交叉著，花的一朵已開，其他兩朵是微綻的蓓蕾。它被放置於堆滿東西的小小牆凹裡，一下子水盤的水影靜止下來，掩蔽住插花臺的碎石，呈現出無限澄明的水邊風情。

「眞了不起。在哪兒學來的？」我問了。

「附近的插花女師傅哪。再一會兒，她就會到這兒來的。我跟她一邊交往、一邊學插花，等到我學會了插花，就覺得膩了。還很年輕漂亮的老師呢！戰爭中，交上了一個軍人，孩子死產，軍人也戰死了，以後她不停地跟男人鬼混。手頭略有幾個錢的女人，教插花好像只是消遣。怎麼，今兒晚上，你帶她到哪兒去也行，哪兒她都會去吧。」

……這時候襲擊了我的感動是錯亂的。從南禪寺的山門上看到那個人時候，我的身邊有鶴川，但三年後的今天，那個人以柏木的眼睛爲媒介，即將出現在我眼前。那個人的悲劇，過去曾被明亮神秘的眼睛看過，而今，又被什麼都不相信的黑暗眼睛所窺視。而確實的是那時像白皙的滿月的遠處乳房，已被柏木的手觸過；那個被華美的長袖所包藏的膝蓋，已被柏木的內翻足觸過。確實的是那個人已被柏木、亦即被認識所污染。

這想頭深深地使我煩惱，叫我感到再也無法待下去，但還是好奇心牽住了我。幾乎以爲是有爲子轉世的那女人，現在成了一個被殘廢學生所遺棄的女人，我迫不及待地等著她趕快出現。不知不覺間，我已和柏木同謀，浸沉在把自己的回憶用自己的手去污染似的錯覺的喜悅之中。

……終於女人來了，我的心裡並沒有激起任何波浪。到如今我還記得淸淸楚楚，那微微沙啞的聲音，那禮節有度的起坐和那有禮的談吐，但那眼中閃爍的慌亂神色，邊忌憚著我，邊朝向柏木訴說的牢騷話……那時候才明白柏木今晚叫我來的理由，原來是想拿我當擋箭牌的。

女人和我的幻影一點聯繫也沒有，那完全是第一次見面的別的個體的印象。有禮的談吐逐漸亂了步驟，還是無心看我。

女人終於無法忍受自己的可憐可憫，想從挽回柏木的心的努力，暫時後退的樣子。這下子才裝著從容的樣子，環顧了狹窄的房間。女人來了三十分鐘才發現到那盆插花。

「好個『觀水型』呢。插得眞好。」

一直在等這話的柏木，這下可打出了一張王牌了。

「不錯吧。這樣子，已經不必妳什麼了。已沒妳的事了，眞的。」

柏木這話改變了女人的臉色，我不禁側開了臉。女人似乎稍稍笑了一下，就端莊地膝行到牆凹之前。我聽到女人的叫聲。

「是什麼啊，這花！這是什麼樣兒！」

接著水花四濺、木賊草倒下、開了的社若花碎裂，我偷來的花兒，一下子變得狼藉不堪。我不加思索地站起來，不知所措地背靠著玻璃窗。我看到柏木抓住女人的細手腕，接著抓住女人的頭髮，掌摑了女人的臉頰。柏木這種粗暴的一連串動作，其實是與剛才揷花時用剪刀剪葉或莖時的靜靜的殘忍毫無分別，令人覺得是那動作的延長似地。

女人兩手掩著臉，跑出房間。

柏木呢？舉目看著僵立的我的臉，浮起異樣的孩子似的微笑，這麼說：

「快，追上去吧，去安慰她吧。快，快。」

是被柏木的話的威力所迫呢？還是出自內心的同情？我已分不清楚，總之，我的腳立即跑起來追女人，從宿舍跑了數十公尺才追到。

那兒是烏丸車庫後側的板倉街的一區。駛向車庫的回聲反響著，火花的淡紫光照明了陰暗夜空的一角，女人由板倉街向東走去，來到後街。我沉默地走在邊哭邊走的女人身旁，她終於發覺了我，便依靠過來。因爲流淚而聲音更沙啞了，但仍然以幽雅的談吐，長長地訴說了柏木的暴行。

我們不知走了多少路程！

在我耳邊縷縷地被傾述出來的柏木的暴行，那醜惡卑劣的細節，這一切只在我耳邊響起「人生」這句話而已。他的殘忍性、計劃性的手段、背叛、冷酷、向女人強求金錢的種種手法，這一切只不過解說了他的難以言喩的魅力。而我只要完全相信他自己對於內翻足的誠實程度便夠了。

自從鶴川忽然死去以後，一直沒有觸過生命的我，過了這麼久才觸到另一個沒那麼薄命而黑暗的生命，而且只要活著便不停地傷害他人的生命之躍動而感到鼓舞。他的「殺得還不夠」這句簡潔的話，復甦過來搏我的耳朵。我的心裡想起的是終戰的時候，在不動山頂上朝向京都市街的一大片燈火，祈願的那句「讓我心的黑暗，和包住那無數燈火的夜之黑暗相等」的禱告詞。

女人並沒有走向自己的家。爲了說話，專走行人很少的後街，無目的地走著。慢慢地走到女人獨居的住處來時，我已辨別不出那是哪一條街了。

已過十點半了，所以想分手回寺裡去，但女人強留了我。

女人先上去，點了燈，忽然這麼說：「你呢，曾經詛咒過人，希望他死去嗎？」

馬上，我回答了「有」。奇怪的是到那時爲止，我一直忘記我在希望我的恥辱的見證人，那個房東小姐的死。

「眞可怕，我也是。」

女人癱軟地側身而坐。房子裡的燈光大概是一百燭光，在這電力限制的時候難得這麼光明。和柏木的宿舍的電燈相比，有三倍的光度。女人的身體開始灼灼地被照出來，白色的「博外」的名古屋腰帶（一種等寬的腰帶——譯者注）發著鮮明的白光，花絹的和服浮上藤花的紫色。

從南禪寺的山門到天授庵的客廳，有著非鳥不能飛近的距離，但我好像花了數年工夫徐徐地縮短那距離，現在好容易才到達似的心情。從那時候起，我細微地刻下了時辰，確實地接近了天授庵的神秘情景所意味著東西。非如此不可，我想。彷彿遠遠的星光到達的時候，地上的相貌已經改變似地，女人已變了質也是不得已的。如果從南禪寺的山門上看到的時候，就已預定著今日的結果的話，我想那種變貌，只要一點兒修正就能復原，而再次以當時的我和當時的女人相見。

於是我講了。呼吸急切地、口吃地講了。那時候的嫩葉復甦了、五鳳樓的天花板畫的天人與鳳凰復活了。女人的臉頰呈現活生生的血氣，眼裡的兇兇然的光芒，由散亂的光取代了。

「原來是這樣。哎呀，可眞是奇遇呀。」

這回女人的眼中充滿了昂奮喜悅的眼淚。忘了剛才的屈辱，整個身子投擲在回憶之中，把同樣昂奮的連續遷移到另一種昂奮，幾乎成了瘋狂。藤花絹的衣裙亂了。

「奶水已經不出了。啊，可憐的孩子！雖然擠不出奶，就那樣地做給你看吧。因爲從那個時候起，你就喜歡我。現在，我就把你當那個人看吧。一想是那個人的話，就不覺得羞恥了。眞的就那樣子給你看看吧。」

以下決心的口氣說過之後她所做出來的，也許是由於狂喜，也可能是因爲絕望。也許意識上只有狂喜，而促使那強烈行爲的眞正力量是柏木給她的絕望，或者絕望的粘性強力的餘味。

這樣，在我的眼前，腰帶被解開、許多的繩子被解開、腰帶底下的絹被解開。她的襟口崩開了，從白胸微微可見的地方，女人的手掏出左邊的乳房，呈露在我前面。

如果說沒有某種的暈眩話，那是謊話。我看了，仔細地看了，但是或只止於證人而已。那個從山門的樓上看到的遠遠神秘的白色的一點，並不是像這樣持有一定質量的肉塊。由於那印象經過長久醱酵的緣故，使眼前的乳房成了不過是肉或一個物質而已。而且那也不是會傾訴什麼，引誘人做什麼事的肉。只是存在的無味的證據，由生之全體被割離而露呈於那兒的東西而已。

我又在想說謊。是的，感到暈眩確乎是事實。但是由於我的眼睛看得太詳細，超過了乳房是女人身的乳房，漸漸地變貌而成爲無意義的斷片的經過，我都全看到了。

……怪就怪在這裡。因爲在這痛苦的經過之後，才好容易地在我的眼裡看出美來。

美的不毛不感的情質被賦與其上，乳房在我的眼前，徐徐地被罩進它本身的原理裡頭。一如薔薇被罩進薔薇的原理裡頭。

在我，美總是遲來的。比別人遲、比別人把美與官能同時看出的地方，遙遙地落在後頭而來。看著看著，乳房恢復了與全體的關聯……超越肉體……成了不感但不朽的物質，成了與永恆連接的東西，請明白我想說的話。那兒金閣又出現了，不如說乳房變貌成金閣了。

我想起初秋時值夜的颱風之夜。縱使是在月華之下，金閣在那雙扇窗的內側，「板唐戶」的內側，剝落了金箔的天花板之下，仍然沈澱著厚重、豪奢的闇暗。那是當然的，因爲金閣那東西，不外是被用心地構築、造型了的虛無而已。跟它一樣地，眼前的乳房，表面放出明亮的肉之光輝，而內部一樣的積著闇暗。那實質是同樣重而豪奢的闇暗。

我絕不是醉心於認識。認識寧可說是被蹂躪，被侮蔑的。生與慾更不必說了！……但是深深的恍惚感並不離我而去，暫時麻痺似地，我與那露呈的乳房對坐著。

……

於是，我又碰著了把乳房收回懷裡的女人的冰冷、輕蔑的眼色。我告辭了。送到玄關來的女人，在我的後頭高聲的關了格子門。

——一直到回到寺裡，我還沉浸在恍惚之中。心裡只有乳房與金閣來去交往著。無力的幸福感充塞了我。

但是當我在被風騷動的黑色松林間，看到鹿苑寺的總門時，我的心徐徐地冷卻，我更無力了，陶醉感變成嫌惡，莫名的憎惡感在心中滋長。

「我又再一次被人生隔離了！」自語道。「又是這個。金閣爲什麼要護衛著我？沒有拜託它，爲什麼要把我從人生隔離？也許金閣是在把我從地獄中拯救出來也說不定。金閣就這樣使我成爲比已墮落在地獄的人更壞的，『比誰都更通曉地獄消息的男人』啦。」

大門沉靜而黝黑。早上鳴鐘的時侯才被關熄的側門的燈光還微微發亮，我推了一下側門。內側掛著的古老、長鏽的鐵鎖響了響，門開了。

看門的已經睡了。側門的內邊張貼著晚間十點以後最後的歸山者要鎖門的規章，還沒有翻過面的名牌尙有兩張。一張是老師的名牌、一張是老園丁的名牌。

走著走著，看到右手邊的工作場裡橫置著數根五公尺餘的木材，放出夜眼也可以看得到的明亮木色。走近時，看到散落的大鋸屑，像細碎的黃花散遍四處，黑夜之中，飄來新鮮的木香。從工作場外邊的車轆轤的旁邊，想走到「庫裡」去，我折回來了。

就寢之前，非再看一次金閣不可。把靜睡中的鹿苑寺本堂拋在後頭，通過唐門的前面，我踏上金閣去的路。

開始看到金閣了。被騷擾的群樹包圍著，在深夜裡，一動也不動地，但絕不睡著地站立著，像夜的護衛者。……是啦，我從沒有看到過金閣像安眠了的寺那樣地睡覺。這個沒有人住的建築物，能夠忘卻睡眠。而住在那兒的闇黑完全免除了人間的法則。

幾乎是近於咒詛的口氣，我朝向金閣，生平第一次粗魯地叫囂：

「什麼時候一定要控制你。不允許你再來打擾我，有那麼一天，一定要把你變成我的東西。」

聲音虛幻地在深夜的鏡湖池上回響著。

第七章

我的體驗往往會起一種暗合，就像在鏡廊上，一個影像無限地連接下去，所碰到的新事物裡，也清楚地照出過去所看到的事物的影子，不知不覺被這種相似引導到走廊深處，像要踏進無底深淵似地。命運這東西，我們不是突然碰到的。後日該判死刑的男人，在每天所走的路上的電桿或交叉路口，也會不斷地描畫著刑架的幻影，且熟稔那幻影才對。

因此我的體驗裡，沒有層積的東西。沒有那種層積起來成爲地層，形成山的厚度。除了金閣之外，對所有親近感的我，對自己的體驗也沒有抱特別的親近感。不過我倒明白，從那些體驗之中，沒被黑暗的時間之海所呑蝕的部分，沒有陷進反覆無盡的無意識中的部分，由這些小部分的連鎖而成的某種可厭的不詳的畫兒，正在形成著。

那麼那一個個的小部分是什麼？有時我想到它。但是那些閃光的零零碎碎的斷片，比起路邊發亮的啤酒瓶的破片更沒意義，更欠缺法則性。

話雖這麼說，但把這些斷片認爲是過去曾被形成了美麗、完整的形姿的崩落破片是不可能的。我總覺得它們在無意義中，在完全欠缺法則性之下，醜陋地被遺棄在那兒，各個夢想著它們的未來。竟不顧其破片的身份，沒有恐懼地、陰沉沉地、沉靜地……夢想未來！那絕不是快癒與恢復的，無從著手的，正是前所未聞的未來！

有時這種不明晰的省察，也會給了我一種不太相稱的抒情的昂奮。這樣的時候，假如正值明月之夜，那麼就攜了洞簫，到金閣的旁邊去吹。現在，就是過去柏木所吹的「御所車」的曲子，也可以不看譜而吹奏出來了。

音樂有如夢。同時，亦如與夢相反的更高一層的覺醒。音樂到底屬於哪一種呢，我這麼想。音樂具有把這兩種相反的東西而使之逆轉的力量。因而在自己吹奏的「御所車」的曲調裡，我時而容易地化身了。我的精神知道了化身於音樂的樂趣。與柏木不同，音樂對我是確實的慰藉。

……每次吹過洞簫，我就這麼想的，金閣為什麼不責罵，不打攪我的這種化身，而保持緘默呢？另一方面，當我要化身於人生的幸福或快樂時，金閣曾經放過我一次嗎？迅速地遮斷我的化身，把我歸還於我本身，這不是金閣的作風嗎？為什麼只有音樂，金閣允許我酩酊和忘我？

……這麼一想，只因為金閣允許，倒使音樂的魅力變得淺薄。因為金閣既已默認，那麼不管音樂看來多麼類似於生，也不過是架空的冒牌的生而已；縱然我化身於它，其化身也不過是暫時而已。

請不要以爲我在女人與人生遭受了兩次挫折，就放棄一切而把自己閉鎖起來。到昭和二十三年的年底止，有過幾次那樣的機會，柏木也替我拉線，我不畏怯地承當事實。但是結果都相同。

金閣出現在女人與我之間，人生與我之間。想抓住的東西，手一碰就變成灰燼，展望也都化成了沙漠。

有一次，我在廚房後邊的菜園裡作業的時候，看到蜜蜂探訪小小黃色的夏菊花。滿遍光耀之中，展著金翅而鳴飛的蜜蜂，從成夥的夏菊花當中選了一朵，在那花前搖蕩了一回兒。

我想以蜜蜂的眼睛來看，菊花展開沒有一點瑕疵的黃色、端莊的花瓣。它美得宛如小金閣，完整得有似金閣，但絕不能變貌成金閣，止於一朵夏菊之花而已。是啦，那是確確實實的菊，一朵花，止於未含任何形而上的暗示的一個形態而已。由於保持這種存在的節度，因而放出滿溢的魅惑，正迎合了蜜蜂的欲望。在沒有形狀的、飛翔的、流瀉的、力動的慾望之前，成爲對象的形態而潛身、而呼吸，那是何等的神秘呀！形態徐徐地變得稀薄，幾乎要破了，顫巍巍地顫抖著。那是無怪其然的，因爲菊花的端莊形態，正是比擬於蜜蜂的慾望而造成的，而那美的本身，是朝向預感而開花的，所以現在正是形態之意味在生之中閃耀的瞬間呢。形狀，正是無形的流動的生之鑄型，同時，無形的生之飛翔，是這世界的所有形態的鑄型。……蜜蜂就這樣突進於花的深處，渾身花粉，沉溺於酩酊裡。我看到近蜜蜂的夏菊花，它自身也成了穿黃色豪奢的鎧甲的蜜蜂，好像現在也要離莖而飛翔似的，強烈地搖晃身子。

我幾乎爲這種在光耀與光耀之下所做的行爲而感到眩暈。驀地，離開蜂的眼而回到我的眼睛時，想到眺望這一切的我的眼睛，正同於金閣的眼睛的位置。那是這樣的，如同我停止蜜蜂的眼睛而返回到我的眼睛似地，當生迫向我的一刹那，我停止了我的眼睛，而把金閣的眼睛變成我的。那時候，金閣出現在我與生之間。

……我回到我的眼睛。蜂與夏菊只不過是茫茫然的物質世界被「安排著的」東西而已。蜜蜂的飛翔與花的搖動，是與風的吹拂沒有什麼不同。在這靜止而凍僵了的世界，一切都同格，那樣散放魅惑的形態已經死絕。菊花不是依其形態，而是不過是依我們漠然稱之爲「菊花」，依其約束而呈現美而已。我不是蜜蜂，所以不被菊花所誘；我不是菊花，所以不傾心於蜂。所有形態與生的流動的那種親密感已消逝。世界被打落於相對性之中，只有時間在擺動。

永遠的、絕對的金閣出現；我的眼睛變成金閣的眼睛時，世界會如此變貌；而在那變貌了的世界裡，只有金閣保持形態、占有美，其餘的東西都歸於砂塵，這一切我都不再喋喋地談下去了。自從那次在金閣的庭院裡踩踏了娼婦以來，還有鶴川的猝死以來，我反覆地問道：「但是，罪惡到底是不是可能的呢？」

×××

昭和二十四年的正月裡的事。

沾禮拜六的「除策」（那是解除警備的意思，他們都這麼說）的光，看完三輪館的廉價電影回來路上，我獨個兒在睽違已久的新京極蹓躂著。在那雜沓之中，碰見了一個很熟稔的面孔，但還沒想出那是誰時，臉孔已被人潮擠著消失於我的背後。

那個人戴著氈帽，身著高級外套與圍巾，與一個一看就知道是藝妓，身穿鏽朱色外套的女人並肩而走。桃色胖嫩的男人的臉孔，在普通中年紳士是看不到的異樣的嬰孩似的清潔感，長鼻子……那氈帽掩去了不是別人的，正是老師的臉的特徵。

我雖沒有什麼內疚，但我怕被看到。因為於一瞬之間，我想逃避成為老師微行的目擊者、證人，或與老師在無言之中發生信和不信的關係結合。

那時有一隻黑狗，在正月之夜的雜沓裡穿梭著。這個黑色的大狗看來好像很習慣於在這人塵中走，巧妙地穿過華麗的女人的大衣與軍隊外套夾雜在一起的行人之間，遊蕩到各處商店前。狗來到土產店前嗅到了聖護院八橋餅的味道。由於商店的光亮，才看清楚了狗的臉，牠的一隻眼睛已潰爛，而凝固於潰爛了的眼角的目屎與血像瑪瑙似的。完好的那隻眼睛瞪著正下方的地面。背上的長毛粘在一塊兒，聳立著僵硬的毛束。

不知道爲什麼狗引起了我的關心，大概是狗頑固地懷抱著與這明亮、繁華的街道完全不同的徬徨世界，吸引了我也說不定。狗走在只有嗅覺的黑暗世界，它與人們的街路重疊在一起，而那燈火、唱片的歌聲，寧可說被那執拗的陰暗臭味所威脅著。因爲臭味的秩序是更確實的，纏在狗的濕腳跟上的尿臭也確實地和人們的內臟器官放出來的微微惡臭確實地聯繫在一起。

很冷。兩、三個私貨掮客模樣的年輕人，拆下過了「松內」節（從元旦到七日——譯者）而仍未拆下的門前的松葉而走過去。他們張著新皮手套的手掌競拔著。一個人的手掌僅握幾根松葉，一個人的手掌留下完整的一小枝。掮客們邊笑邊走過去。

我不知不覺地隨著狗走。以爲不見了狗的當兒，又出現了。折向通往河原町的通道。我就這樣走到比新京極稍暗的電車道的人行道上。狗不見了，我停下腳步看了看，來到車旁邊，找尋狗的行蹤。

這時，車身晶亮的出租汽車停在眼前，車門開了，一個女人先上車。我不覺地看過去，接著女人正要上車的男人注意到我，在那兒站住了。

那是老師。爲什麼剛才跟我擦身而過的老師，陪女人走了一遭，又碰到我呢？不管如何，那是老師，而先上車的女人的鏽朱色外套，還留著剛才看到的顏色的記憶。

這一次我是無法逃避了，但是一時慌急講不出話來。聲音未發之前，吃音在嘴裡滾沸著，終於我自己也做了意想不到的表情，那是與那場合沒有什麼關聯的，朝向老師笑笑的表情。

要說明這種笑是不可能的，好像笑是從外邊而來，突然貼到我嘴角似的。但是看了我笑即刻變了臉色。

「蠢蛋！想盯我的梢嗎？」

一聲叱咤，老師很快地撇下我上了車，重重地關上門，出租汽車開走了。這時我突然明白過來，剛才在新京極碰到老師時，他也的確留意到我的。

×　×　×

次日，我等著老師叫我去叱責，那也該是我的辯明的機會。但和踩踏了娼婦的那事件完全相同，從第二天起，開始了老師無言的拷問。

正巧，母親來了信。只爲等我當鹿苑寺主人的日子來臨而活著的結語是相同的。

「蠢蛋！想盯我的梢嗎？」老師這一喝，愈想愈不對勁兒。如果是富於詼諧而豪放磊落像個禪僧樣子的禪僧的話，就不會把這樣俗惡的叱咤加到徒弟身上吧。該吐出更有效的一針見血的話才是。由此可見老師誤解我，以爲我故意追蹤老師，最後以抓到尾巴的表情嘲笑了他，因此他一時狼狽，不禁暴怒起來。

這且不提，老師的無言又成了每天壓迫我的不安。老師的存在強而有力，像在我眼前飛繞不去的蛾影。被請去做法事的時候，老師通常要一個或兩個侍僧陪伴。本來必由副司奉陪，但最近由於所謂民主化以來，便由副司先生、殿司先生、我和另外二個徒弟等五個人來輪流擔任。直到現在以嚴厲聞名的寮頭，被徵去當兵而戰死，寮頭的職務由四十五歲的副司先生兼任。此外鶴川死後，也補充了一個新徒弟。

正當那個時候，同屬於相國寺派、有優良的傳統的某寺的住持去世，新任命的住持的就職儀式裡，老師被邀請，陪伴則是輪到我。因爲老師沒把我的作陪剔除，心想在往返路程上該可以有個什麼辯明的機會吧。但是到了臨行前夕，卻追加了一們新來的徒弟作伴，我的期望也就落空了一半。

熟悉五山文學（譯註：日本鎌倉、室町時代之漢文學）的人，該記得康元年、石室善玖就任京都萬壽寺的入院法語。新任住持抵達了寺，由山門到佛殿、土地堂、祖師堂，最後進到方丈的途徑，一路上留下美麗的法語。

住持指著山門，新職的喜悅心情躍躍然，誇口道：

「天域九重內，帝城萬壽門。空手拔關鍵，赤腳上崑崙。」

開始燒香了，那是向「嗣法師」報恩的「嗣法香」。從前禪宗不拘慣例，個人省悟的系譜比什麼都被重視的時代裡，不是老師決定弟子，寧說是弟子選老師。弟子不只從最初受業的老師，且從諸方之師接受「印可」（悟道之證明——譯者），其中，把心裡要繼嗣其法的老師的名字，在嗣法香的法語中公開出來。

看著這豪華的燒香儀式，如果我繼承鹿苑寺，而牽涉到這樣的嗣香時，我不知會不會照慣例把老師的名字說出來。說不定我會打破慣例，說出別的名字也未可知。早春午後的方丈裡的冷氣、撲鼻的五香的煙味、「三具足」（佛具）深處閃爍的瓔珞與圍在神像背後璀璨的光背、並肩僧侶們的袈裟的色彩……我夢想著，有那麼一天我也在那兒燒起嗣法的香。在新任的住持的背影上，描畫我自己的身姿。

……那個時候，我將會被早春的凜冽大氣所鼓舞，以光明絢麗的背叛打破這習慣吧。列席的僧，一定嚇得開不了口、氣得臉色鐵青吧。我應該把老師的名字說出口，但我沒這麼做。我說了別的名字。……別的名字？但是就眞正省悟的老師是誰呢？眞正嗣法的老師又是誰？我說不出口。那個別的名字，被吃音阻塞而不易出來。我將口吃吧，一邊口吃著，一邊把那別的名字說成「美」或說成「虛無」吧。這一來滿座的笑聲四起，笑聲中，我將難堪地呆立著吧。……

——突然夢想醒來了。老師有了該做的事，需要我這個侍僧的幫助。對於這種列席的侍僧而言，本來是驕傲的事，何況鹿苑寺住持是當天來賓的首席。上座的人在嗣香完後，要打叫著「白槌」的槌子，證明新命的住持不是「贋浮圖」，即不是假和尚的意思。

老師稱道：

法延龍象衆

當觀第一義

而後重重地打下白槌。在方丈裡回響的槌音，再一次告訴我，老師所擁有的權力的靈驗。

我無法忍受不知要繼續到什麼時候的老師無言的放任。如果我有什麼人間性感情的話，那麼期待對方也有與之對應的感情，該是無何不可的吧。愛也好、憎也好。

乘機窺視老師的臉色，成了我可鄙的習慣，但那兒沒有浮起一點什麼特別的感情。那無表情的臉連冷漠也沒有。如果說那無表情是意味著侮蔑的話，這侮蔑不是對我個人，而是對著更普遍的東西，比方說人性或種種抽象概念。

我從那時候起，便強令自己想起老師的動物性的腦袋瓜的模樣或肉體的醜狀。想像著他排便的姿態，更而想像他同那個鏽朱色大衣的女人睡覺的姿態。我臆想著他的無表情溶解，正因快感而鬆弛的臉上浮起不知是笑是苦痛的表情的情形。

光滑柔軟的肉與同樣光滑柔軟的女人的肉相融合，幾乎無法分辨的情形。老師腹部的隆起壓上女人隆起的肚子。……但是不可思議的是不管怎樣想像，老師的無表情是立即連接到排便或性交的動物性表情，沒有任何事物可填進兩者中間。不是日常細微的感情的色彩，虹一般地連接其間，而是一個個由極端向極端變貌。如果勉強說有一點連接中間的，那就是只有那一瞬間的相當卑鄙的叱咤：「渾蛋！想釘我的梢嗎？」

想倦了、等倦了，最後我只希望能清楚地抓住老師的憎惡的面孔，我成了這難以拔除的欲求的俘虜。結果，想出了如下的計謀，那是瘋狂，也是孩子氣的，並且很明白的是那將帶給我不利，但我已無法抑制自己，甚至也不顧忌到那惡作劇將使老師的誤解得到更進一步的佐證。

到學校，問了柏木店名和地址，柏木也不問理由就告訴了我。那一天趕快到店裡去，看了幾張明信片大小的祇園名妓的相片。

經過人工化妝的女人們的臉，初看之下都相同，但不久從中浮起了微妙性格的濃淡來。透過白粉與臙脂的同樣假面具，暗淡與明朗、伶俐的智慧與美麗的愚笨、壞情緒與無盡的嬌氣、不幸與幸福，這些多樣的色調躍然於紙上。好容易才找到我所要的一張。那相片由於過度明亮的店內電燈，使光澤紙的表面反光，險些兒被漏過的，但在我的手中收住反射，出現了鏽朱色大衣的女人的臉孔。

「給我這個。」

我向店裡的人說。

我爲什麼變得那麼大膽呢？這不可思議與自從我著手那計謀以後忽然變得快活而喜悅得不可思議，正相呼應。首先考慮到的是趁老師不在的時候，讓他不知道是誰的惡作劇，但終而由於昂奮的氣氛驅使，使我選上了馬上就可以明白是我幹的危險方法。

送早報到老師的房間一直還是我的工作。三月還很冷的早晨，照常到玄關去取新聞，當我從懷裡掏出祇園妓女的相片，挾進新聞的一頁裡的時候，我的胸口猛跳著。

前庭的圓環路中央，被圓圓的樹籬圍住的蘇鐵沐浴著朝陽。那粗糙的幹肌被朝陽照得很鮮明。左邊有棵小小的菩提樹。遲歸的四、五隻鶺鳥停在枝上，發出揉搓數珠似地鳴叫。這個時候還有鶺鳥眞叫我感到意外，低辰光滲入的枝椏間，極爲細微的黃色胸毛在移動，確是鶺鳥。前庭的白色砂礫沉靜著。

我草草地打掃、擦拭以後，注意腳下不被沾濕地走過到處濕濡的走廊。大書院中的老師房間，紙門緊關著。天色淸早，猶見紙門的鮮明白光。

在廊下跪下，照平常那個樣子說：

「老師，請。」

老師有了回聲。推開紙門，在桌子的一邊兒輕輕放下折疊的報紙。老師俯身讀著書，沒看我的眼睛。……我退下，關上紙門，強作鎭靜，慢慢地走向自己的房間。

坐在自己的房間裡，在上學校之前的這段時間裡，我聽憑悸動越來越高昂，我從來也沒有像這樣期待過一件事。明明是爲了期待老師的憎恨而弄的手腳，可是我的心卻在夢想著人與人之間相互了解的充滿戲劇性熱情的場面。

也許老師會突然來到我的房間，原諒我。而說不定被原諒的我，會有生以來第一次到達像鶴川日常表現的那個純潔的，明朗的感情。而剩下的，可能祇是老師與我互相擁抱，同時慨嘆彼此之了解來得這麼遲而已。

我眞無法說明縱然爲時短暫，爲什麼會這樣地熱中於荒唐的空想。冷靜一想，是要藉無聊的愚行觸怒老師，而把我的名字從繼任住持的候補名單上抹去，甚而永久地喪失成爲金閣之主的希望，然而我那時候甚至忘了對金閣的長久執著。

我一股勁兒地豎起耳朵聽大書院的老師的房間的動靜，但沒傳來任何聲音。這回我在等著老師狂暴的怒氣、雷霆大發。我想被毆打、被踢倒、甚至流血也不後悔。

但是，大書院那邊悄悄地，沒傳來任何聲響。……

那天早上，等到上學的時間到來，而走出鹿苑寺時，我的心已疲倦至極，而且也荒廢至極。到了學校，講義也無法入耳。被教師質問而回答的是牛頭不對馬嘴時，大家都笑了。但一看，只有柏木若無其事地眺望窗外。無疑地，柏木已留意到我內心的戲劇。

回到寺裡，也沒有什麼變化。寺裡生活的黑暗霉臭的永久性，構成了今天與明天如何差異也產生不了懸隔。今天是一個月兩次的教典講義，寺裡的人都集合到老師的客間聽講義。我相信老師會假藉「無門關」的講義，在衆人面前責問我吧。

這麼相信的理由是這樣的。對於今晚講義時與老師相向而坐，我感到一種與我大不相襯的男人勇氣。在那場合，老師也同樣地表現出男性的美德，打破僞善，在同仁們面前告白自己的行狀，而後再責問我卑劣的行爲吧。

……暗淡的燈光下，手持「無門關」的教本，寺裡的人們集合上來。夜很冷，只有老師的身邊有小火爐，可以聽到啜鼻涕的聲音。俯身著的老少的臉上罩著影子，每張臉都浮現著無精打采的樣子。新來的徒弟，白天當小學校的教師，他的近視眼鏡不時地滑到貧瘠的鼻樑上。

只有我的體內感到一股力量，至少我想是如此。老師打開課本掃視大家一下，而我的目光追隨著老師的目光，要讓他曉得我絕對不垂下眼。但是老師那被柔軟的皺紋圍住的眼睛，並沒有現出任何感興，通過我移向旁鄰的臉上去了。

開始講課了。我只等候著在那兒講義忽然一轉，轉到我的問題上。我豎耳傾聽，老師宏亮的聲音繼續著，老師內心的聲音卻一點兒也沒聽到。……

那晚失眠之餘，漸漸升起的悔恨，無法把我長久置於昂奮的情緒中。對老師僞善的輕蔑，奇異地聯結上我的軟弱的心，終於知道對方既是一無足取，縱然向他謝罪我也不算輸了。一度爬到頂點的陡坡，我的心開始匆匆地跑下來了。

明早去謝罪吧，到了早上，又想今天去謝罪。老師的表情依然不見有變化。

是起風的日子。從學校回來，無意地打開抽屜，看到一個白紙包，包著的是那幀相片，包紙上一個字也沒有。

彷彿老師有意以這方式了結事件。不是明顯地置之不問，但也想通知我那行爲的無效吧。但是相片的奇妙的歸還法，突然給我成堆的想像。「老師也一定很痛苦的。」我想。「一定想了又想，才想出這一著。現在他的確還憎恨著我。可能不是關於這照片而憎恨，是這一張照片令老師瞞著自己寺裡的人們的眼睛，趁著人們不在時躡手躡腳地走過通廊，來到未曾來過的徒弟的房間，令他像犯罪似地打開我的抽屜，爲了非做這些卑鄙行爲不可，老師才有了憎恨我的足夠理由的。」

想到這裡，我的胸口突然迸發出莫名的喜悅，接著我從事愉快的作業。

用剪刀把女人的相片剪得細細碎碎，用上好的筆記簿的紙張包上二層，緊緊握著它來到金閣旁邊。

金閣在颳風的月夜下，沈澱著不變的暗鬱的均衡而聳立著。有時，林立的細木柱承受著月光，看來像琴絃，而金閣也看來像巨大的異樣的樂器。本來這是因爲月兒的高低才會這樣的，而今晚正是如此，然而風只是空吹過絕不鳴響的琴絃之間。

我拾起腳下的小石子。把小石子包進紙裡，用力地的扭絞住。就這樣把被剪成碎片而附了錘的女人臉面的片斷，投入鏡湖池的池心。慢慢擴張的漣漪，不久便達到站在水邊的我的腳跟上。

那年十一月，我的突然出奔，是一切這些事情累積的結果。

後來一想，這看來突然的出奔，也有長久的熟慮和躊躇的時期，但我喜歡認爲那是因突然的衝動而做出的行爲。我覺得我內心缺欠了什麼根本的衝動，因此我是特別喜歡衝動的模倣。比方說，有一個人要去拜父親的墓，從前一天晚上便開始計劃，到了當天出了家，來到車站的時候，突然改變主意而跑到酒友家去，這場合能說他是純粹衝動的人嗎？他的突然變心，不是比那長久準備掃墓更意識地對自己的意志實施報復的行爲嗎？

我的出奔的直接動機是由於前一天，老師第一次以決然的口吻說：

「以前曾有過把你當作繼任的念頭，但現在明白告訴你，已沒有那心情了。」

這宣告雖然是第一次，但我該是老早就預感到，也覺悟到的，因此在我來說，並不算太意外。爲了它，不致於仰天長嘆或狼狽不堪。然而我還是喜歡把自己的出奔認爲是被老師的話所觸發，在衝動之下的作爲。

以相片的計謀確知老師的憎恨之後，我開始荒廢學業了。預料一年級的成績以華語、歷史的八十四分爲最高，總分七百四十分，席次是八十四人中的二十四名。缺席是四百六十四小時的十四小時而已。預科二年級的成績是總分六百九十三分，席次降到七十七人中的第三十五名。然而我沒有到外頭閒蕩的錢，只爲了不上課而怠課，這是上了三年級才開始的；這個新學期恰恰是在相片事件之後開學的。

第一學期終了的時候，老師把我罵了一頓。成績壞、缺席時間多雖也是叱責的理由，但曠了一學期只有三天的「接心」（禪宗教示）這才是更觸怒了老師的原因。學校的「接心」是暑假、寒假、春假前各三天，與各種專門道場同樣形式舉行的。

這個叱責是老師特別把我叫到他的個人房間去的稀有機會。我只垂頭、無言。心裡悄悄地等待著，而老師對於相片的事或更遠的娼婦敲詐的事，都沒有提到一句。

但是從那時候起，老師對我的態度明顯地愈來愈冷淡。說來那是我企望著的情形，是我希望看到的證明，所以也是我的一種勢利，原來爲了獲得它，我只要怠情便足夠了。

三年級的一學期中，我的缺席時間達到六十多小時，這是一年級三學期缺席總數的五倍。如許時光，既不讀書，也沒錢尋樂，除了偶而跟柏木聊聊以外，我獨個兒什麼也不做。這種無爲也許是我的自我流派的一種「接心」吧，我竟片刻也未感到無聊。

曾坐在草地上，一個小時又一個小時地看著螞蟻搬運著細碎紅土而營巢；並不是螞蟻引起我的興趣。也曾久久地呆看學校後頭的工廠的煙囪冒著薄煙；並不是煙引發我的興趣。……我彷彿覺得自己深深地浸在自己的存在裡頭。外界的種種忽冷又忽熱。是啦，怎麼說才好呢？外界成了斑點，又成了條紋。自己的內部和外界不規則地、緩慢地交替著，周遭的無意義的風景映入我的眼簾，風景闖入我的體內，而沒有闖入的部份，卻在那邊發著光芒。那發出光芒的東西，有時候是工廠的旗幟，或土牆上的污點，或被丟在草叢裡的一雙舊木屐。所有的東西在一瞬一瞬之間，在我的內部生起，又死絕。說是沒有任何形狀的思想吧？……重要東西與瑣碎東西相攜手；今天在報上讀到的歐洲的政治事件，覺得跟眼前的舊木屐有著密不可分的關係。

我對於一片草葉的尖端的銳角也曾長久思考過。說是思考是不適當的。那不可思議的細微想念絕不持續，在是生是死都無法判明的我的感覺上，像歌曲的重複句似地執拗的反覆出現。爲什麼這個草葉的尖端，非如此尖銳不可呢？如果是鈍角的話，就非喪失草的種別，而自然也從這一角落開始崩潰不可嗎？是不是把自然界的最小的齒輪之一拆下，便可以使整個自然界顚覆？我想來思去地想著那樣的方法。

——老師叱責的消息即刻外洩，寺裡的人們對我的態度一天比一天冷峻。嫉恨我進大學的那個徒弟，隨時都以得意的輕笑望我。

夏天、秋天，我幾乎不開口地送走了寺裡的生活。我出奔的前一天早晨，老師命副司來叫我。

是十一月九日的事。因爲是上學之前，所以穿著制服，來到老師面前。

老師本來的一臉福相，因非見我、非跟我講話不可的不快感，而異樣地堅固凝縮著。在我來說，老師的眼像看痲瘋病患似地看我，使我感到愉快。這才是我所希望地蓄滿了人間感情的眼睛。老師很快的移開視線，在火缽上，邊揉搓著手邊說。那柔軟的手掌的肉摩擦的聲音，在初冬的早晨空氣中，雖輕微但聽來卻成了擾亂清澄的刺耳聲音。和尚的肉與肉之間，令人感到超過必要的親密。

「去世的令尊不知怎樣的傷心著呵。看看這封信，學校又來了這麼嚴厲的話，這樣下去，結果會怎樣呢，自己想想吧。」——接著說出了那一段話：「以前有過把你當繼任的念頭，但現在明白告訴你，已沒有那心情了。」

我沉默了長久，才說：

「不是已經要把我丟棄了嗎？」

老師沒有即刻回答。一會兒說：

「幹了那些事，還想不被丟棄嗎？」

我沒有回答。暫停了一下，我不自覺地口吃著說起別的事。

「老師是徹底地了解我的，我想我也很明白老師。」

「明白又怎樣？」和尚的眼睛變得暗淡起來。「一點兒也沒有用，毫無益處。」

我未曾如許地看到完全拋棄現世的人的臉。未曾看過一邊把手沾污於生活的細節、金錢、女人等所有一切的一切，而一邊如此地侮蔑現世的人的臉孔。……我感到彷彿觸了血色殷紅，有體溫的屍體似的嫌惡感。

這時，我心中湧起想從身邊所有的事事物物中，就是片刻也好，遠遠地逃開的痛切感覺。退出了老師的房間，也不斷的想著它，這想法愈來愈激烈。

包袱裡包了佛教辭典與柏木贈送的洞簫。提著書包和這個包袱急急走向學校的當兒，我只是一心一意地考慮著出發的事。

進了校門，碰巧柏木走在我的前面。我拉著柏木的手腕帶到通路的盡頭，向他借三千圓。我要他收下佛教辭典和得來的洞簫。

柏木的臉上拭去了平時唱反調時的哲學性的爽快，用瞇得小小的冒煙似的眼神看我。

「還記得哈姆雷特劇中，雷第斯的父親，怎樣對兒子忠告嗎？那是：『金錢是借也不行，向人家借也不行。借錢給人，錢就沒有了，而且還會失去朋友。』」

「我可沒有父親了。」我說。「不借就算了。」

「沒說不借呀，慢慢商量吧。問題是現在我的錢，夠不夠湊足三千圓。」

我不禁想說出從揷花先生那兒聽到的柏木的手法——向女人巧妙地絞出金錢的手法，但還是沒說出來。

「首先考慮那字典與洞簫的處理吧。」

柏木說著就轉過來走向校門，我也返身放慢腳步，跟他並肩走著。柏木告訴我那個光明俱樂部的學生社長，搞地下錢莊被檢舉，九月釋放出來以後，信用一落千丈，現在正處於苦境。交春以來，光明俱樂部社長引起柏木的濃厚興趣，在我們的話題中屢屢出現，但堅信他是社會上的強者的柏木和我，根本沒預料到僅僅一週以後他會自殺。

「錢要做什麼用的？」

突然被這麼一問，覺得不像是柏木的質問。

「想到哪兒去旅行一下。」

「回來嗎？」

「可能……」

「是要逃開什麼嗎？」

「想從自己身邊的一切事物中逃開。從身邊發臭的無力的臭味。……老師也是無力的，非常非常地無力，這個也明白過來了。」

「也從金閣嗎？」

「是的，也要從金閣逃開。」

「金閣也無力嗎？」

「金閣不是無力，絕對不是。但，卻是一切無力的根源。」

「倒像是你的想法。」

柏木以大搖大擺的舞蹈的腳步走著，非常愉快地咋了咋舌。

隨著柏木的引導，我們進了一家寒傖的小古董店，賣了洞簫，只得了四百圓而已。順便到舊書店好容易把辭典賣了一百圓。爲了借給我剩餘的二千五百圓，柏木叫我同到宿舍去。

在那兒他做了一個奇妙的提議。洞簫算是物歸原主，字典算是餽贈，二者都歸屬於柏木，所以賣得五百圓還是歸於柏木的錢，加上二千五百圓，貸款當然成了三千圓。還淸之前，每一個月要一成利息。比起光明俱樂部的月息三成四分的高利，簡直是無比優惠的低利。……他拿出十行紙和硯臺，端端整整地寫下這些條件，要求我在這個借據上捺下指印。因爲我討厭考慮到未來的事情，所以立即把拇指沾上印泥捺下。

——我心急了。懷了三千圓一出了柏木的宿舍，乘上電車，在船岡公園前下車，跑上向建動神社迂迴的石階。想抽個神籤占卜一下旅途吉凶的暗示。

跑石階之際，看到右手邊有義照稻荷神社的鮮艷朱色的社殿，與鐵絲網裡的一對石狐，石狐口裡咬著卷物，尖銳豎起的耳朵裡也被塗上朱紅色。

日影薄薄的，陣陣冷風吹來。上頭的石階的顏色，看來像蒙上了細灰，原來那是從樹影洩過來的薄薄日影。那光線太弱了，因此看來像污灰。

但是一口氣跑上去，來到建動神社的廣闊前庭時，已滲出了一身汗。正面有接到拜殿的石階。朝著那方向舖著平坦的石板。蟠踞左右的松樹，伏在參道的空中。右側有古色木牆的社務所，玄關的門上掛著「命運研究所」的木牌。從社務所靠近拜殿，有白色的倉庫；從那兒疏疏的杉木並立，冷冷的蛋白色的雲含著沉痛的光；在亂雲底下，京都西郊的群山依稀可見。

建動神社以信長（註：爲日本戰國時代名將）爲主祭神，而配祀信長的是長子信忠。這是簡僕的社廟，只有環繞拜殿的朱色欄干增添幾分姿色。

我登上石階，參拜了一下，從捐獻箱旁邊的架上取下古舊的六角形木箱。搖搖木箱，從小洞口搖落了一枝削細的竹片。那上面只寫了：

「十四」的墨字。

我轉過身，「十四……十四……」叨唸著下了石階。那數字的發音，停滯在我的舌端，似乎徐徐地呈現出什麼意義。

在社務所玄關，請求引導。好像正在洗滌什麼的中年婦女，用解下來的圍裙執拗地擦著手而出現，無表情地接過我遞出去的規定的十圓。

「幾號？」

「十四號。」

「到那邊等一下。」

我坐在廊緣上等著。等著等著，覺得自己的命運被那濡濕而有裂紋的女人手決定，實在是無意義的。但既是在這無意義的事上亂下賭注也就算了。關著的紙門，傳來非常難開的舊抽屜上金屬環碰撞的聲音，也傳來掀紙張的聲音。不久，紙門被開了一個小縫兒。

「喂，請。」

說著，遞出一張薄紙，紙門又關上。籤紙的一角沾了女人指頭上的水。

我讀它，上面寫著：「第十四號凶。」

汝有此間者遂爲八十神所滅遍遇燒石飛矢等困難苦節之大國主命依憑御祖神之教示，速退去此國，潛逃則幸。

籤上解說了一切事情的不如意，與橫亙於前途的不安。我不懼怕。附在下段的許多項目之中看了旅行的一項：

「旅行——凶。尤忌西北向。」

我決定向西北旅行。

× × ×

京都站上往敦賀的班車是上午六點五十五分開，寺的起床時間是五時半。因此十日的早晨，我一起床就穿上制服，也沒有人訝異，因爲我已習慣於裝出誰也沒看著我的樣子。

昏暗的時分，人人分散在寺裡各處，從事打掃、擦拭。六點半爲止是打掃的時間。

我掃了前庭。不帶書包，突然由此地消失而去旅行是我的計劃。晨曦微白的碎石道上，我與掃帚晃動著，驀地，掃帚倒下去，我的身影消逝，留下來的只有薄明的白色碎石道而已。我夢想著非如此出發不可。

我之所以沒有向金閣告別也是爲了這。從包含金閣的我的全部環境，我需要只有我突然被奪去。慢慢地，我向大門掃去。松梢之間，曉星可望。

我的胸口砰砰跳著。現在非出發不可，該說振翼欲飛較爲妥當。不管如何我必須從我的環境、從縛束我的美之觀念、從我坎坷不遇、從我的口吃、從我存在的條件出發。

像果實離蒂那麼自然地，掃帚從手落到曉闇的草叢中，我躡手躡腳地在樹木背後走向大門，一出了大門就飛跑起來。第一班的市內電車駛近來了，夾在稀落的勞動者模樣的乘客之間，我被車內的強烈燈光照著，覺得好像從來也沒來過這麼光亮的地方。

那旅途的詳細經過，現在還新鮮地留在腦海裡。並不是不知目的地出奔，目的地決定在中學時代畢業旅行曾去過一次的地方。但是那地方慢慢接近時，由於出發與解放的感覺太過強烈了，以致覺得好像前面只有未知而已。

火車駛去的方向，也是朝向故鄉的熟悉路線，雖是古老、煤黑的列車，但看來簡直沒有更新鮮、珍奇的東西了。車站、汽笛，甚至一早就響起的擴聲器的濁音等等，都在反覆著同一個感情，在加強它，在我眼前展現，眼而爲之一亮的抒情的展望。旭日把寬廣的月臺劃成一塊一塊的。跑在那兒的鞋子、彈起的木屐聲、繼續鳴響的單調的鈴聲、小販高舉的籃裡的蜜柑的顏色……這一切就好像是我所委身的巨大的東西的一個個的暗示，一個個的預兆。

車站的任何細微片斷，都被扭絞，集中於別離與出發的統一感情。在我眼下向後移退的月臺，看來是那麼從容、彬彬有禮。水門汀的無表情的平面，因從那兒移動、離開、出發而去的人，而變得光輝燦爛。

我信賴了火車，這可是奇怪的說法。雖是奇怪的說法，但自己的位置由京都站一點點遠去、移動，爲了保證這難以置信的想法，只有這麼說法。鹿苑寺之夜，曾聽到過幾次通過花園附近的貨車的汽笛，但此刻自己乘坐在那樣確實地不分晝夜地在遠方疾馳而過的東西上面，這眞是不可思議的事呵。

火車沿著從前與病了的父親一塊兒看到的翠綠的保津峽而跑。愛岩連山與嵐山的西側起到園部那兒之間的地域，也許受了氣流的影響，與京都市的氣候截然不同。十月、十一月、十二月期間，從晚上十一點到早上的十點左右，確守規則似地，由保津川升上來的霧，把這地方整個地罩住。那霧不斷的流動，絕少中斷。

田園朦朧地擴展，收割的田地顯出青黴色。田畦稀稀的林木，不論高低，大小都各適所適，枝葉儘被剪得高高地，細幹都被這地方叫作「蒸籠」的稻草捆住，它們在霧中交互出現的樣子，活像株株樹木的幽靈。偶爾車窗近處，以一望無際的灰色田野爲背景，現出一棵非常大而且鮮明的柳樹，垂著濕濡而沉重的葉子，在霧中微微搖動。

從京都出發時那麼活蹦活跳的我的心情，現在又被導向死者們的追憶。有爲子、父親或鶴川的回憶，在我心中引起莫可名狀的柔情；使我幾乎懷疑除了死者之外不能愛人。話雖這麼說，但死者與活人相比，是多麼容易被愛的呀！

不怎麼擁擠的三等客車裡，不易被愛的活人們，急急慌慌的吐著香煙，剝著蜜柑的皮。不知道是什麼團體的老管理人員坐在鄰席大聲講話。都穿著陳舊、不雅觀的西裝，一個人的袖口露出破爛的條紋裡布。我再一次痛切地感到凡庸這東西不會因年齡的增加而淺少一點。那些農夫模樣被太陽晒焦了的有粗皺紋的臉，與被酒糟蹋的濁聲，表現出是一種凡庸的精華。

他們談論應該多向團體捐贈的事。一個態度從容的禿頭老人，不參加談話，光用那條不知洗過幾萬遍的變黃的白麻手巾，頻頻擦著手。

「手這麼髒。煤煙馬上就把它弄髒，糟透了。」

另一個人接過了腔。

「記得你曾爲了煤煙問題，在報上投過書哪。」

「沒有。」禿頭的老人否定了。「總之，糟透了。」

我不經意地聽到他們談話之中，常常有金閣寺或銀閣寺的名字出現。

非教金閣寺與銀閣寺盡力樂捐不可，這是他們共同一致的意見。雖說銀閣的收入大約是金閣的一半，但那也是龐大的金額。舉個例說，金閣的一年間收入是在五百萬圓以上，寺裡的生活，依照禪家慣例，就是加上水電費，一年也不過花個二十萬餘圓。說起積存下的錢怎麼用法，那就是令小和尙們每天吃冷飯，而大和尙獨個兒每晚上祇園亂花。那收入也不必納稅，與治外法權相同。從那樣的地方，非不客氣地要求捐贈不可。他們頻頻交談。

那個禿頭老人，依然用手巾擦著手，一到談話中斷時，便說：

「糟透了。」

這恰成了大家的結論。擦了又擦的老人的手，再沒有煤煙痕跡，像皮帶環似的放出光澤，事實上那現成的手，與其說是手，不如說是手套來得恰當。

眞是奇妙，這可是我第一次聽到的世間的批評。我們是屬於僧侶的世界，學校也在那個世界裡，因此不相互批評寺裡的事。但是那些老管理員們的這種交談，一點兒也沒有使我驚奇。那些都是明顯的事實！我們在吃冷飯、和尙去祇園。但是，我對於他們以這種理解的方式來理解我，使我有說不出的厭惡感。我受不了以「他們的話」了解我。因爲「我的話」跟他們不同。請想起當我看到老師與祇園的藝妓並肩而走的時候，我並沒有感到任何道德上的憎惡感。

老管理員們的交談，就這樣地在我心裡留下類乎凡庸的遺臭似的東西，以及些微的厭惡感而飛去。在我自己的思想中，無意希冀社會的支援，也無意爲了容易被世間理解，而在我的思想上加上框子。我一再地說過了，不被了解也就是我的存在理由。

——突然車門一開，叫著苦澀聲音的小販在胸前提著大籠子出現。我忽然想起肚子餓了，買了不用米飯而好像用海草做的綠色麵類的便當吃了。霧已晴，但天色無光。丹坡山腰的瘦瘠土上，開始看到種了楮樹的製紙人家。

舞鶴灣，這個名字依舊打動我的心弦，我不知道爲什麼。但是自從在志樂村過的少年時期起，那是看不到的海的總稱，終而成爲海的預感的名稱了。

那看不到的海，從聳立於志樂村背後的青葉山頂上即可一覽無遺。我曾爬過兩次青葉山，第二次的時候，我們碰巧看到進入舞鶴軍港的聯合艦隊。

停泊在閃閃發亮的灣內的艦隊，也許正在做著秘密的集結。有關這艦隊的事都屬於機密，我們幾乎懷疑過這種艦隊的存在。所以遠遠望到的聯合艦隊，就好像是只知名且只在相片上看到過的富於威嚴的大群黑水鳥，也不知有人在看，就在威武的老鳥警戒下，在那兒偷偷地打水嬉戲。

……列車掌叫嚷著下一站是「西舞鶴」的聲音，把我喚醒。再也沒有慌慌張張挑起行囊的水兵乘客。開始準備下車約，除了我之外，只有兩三個私貨掮客模樣的男人。

一切都改變了。那兒英語的交通標誌，威嚇地在各處街角鑽出，成了外國的港市。很多美兵來往著。

初冬的曇空下，冷冷的微風含著鹽味，吹過寬敞的軍用道路。與其說海的味道，不如說是無機質的、鐵鏽的味道。深深導向街心的運河般的狹隘的海，那死靜的水面，那泊在岸邊的美國的小艦艇……這兒的確顯得很和平，但過於週到的衛生管理，反倒奪去了過去軍港的雜然且富肉體性的活力，把市街全體變得像所醫院。

我沒想到會在這兒跟海親切地相會。說不定吉普車從後頭開過來，半開玩笑地把我撞進海。現在才想起來，我的旅行的衝動裡，有著海的暗示；但那個海可能不是這種人工的港口的海，而是像幼時在故鄉成生岬邊上所接觸的，那生來就是粗獷的海。肌理粗糙的，不時含著怒氣的，那是魯莽的裡日本海。

我決定向由良去。夏天因海水浴而熱鬧的海濱，在這個季節裡是闃寂無人的，只有陸地與海的明爭暗鬥而已。從西舞鶴到由良去的路程，大約有三里光景，我的腳還模糊地記得。

路是沿舞鶴市的灣底向西行，與宮津鐵路直角相交，不久越過瀧尻坡，出到由良川。渡過大川橋之後，沿由良川西岸北上。以後就順著川流，出到河口爲止。

於是，我走出市街，向前走去……。

走累了，就這樣自問：「由良有什麼呢？爲了找到什麼證明，我才如此努力地走呢？那兒不是只有裡日本海和沒人的海濱嗎？」

然而我的腳並不想停下來。向哪兒，不管哪兒，我是一定要到達的。我所想去的地方，那地名是沒有任何意義的。不管是什麼，面臨到達的東西的勇氣，幾乎是不道德的勇氣，在我體內產生出來了。

善變的天，時而露出薄日；路旁的大櫸樹，引誘我向淡淡洩過樹葉的陽光下走去，但不知道爲什麼，我覺得無暇讓時光荏苒而過，也無暇讓身子休息。

接近河流的廣大流域，並沒有緩緩的斜坡的風景；由良川是從山的狹道中，突然出現。川水青青，河面廣闊，水流慢吞吞地在曇天下，彷彿不太願意似地被運往大海。

一出了河流西岸，汽車與行人都絕跡。沿途偶爾可見夏蜜柑園，人影卻一個也沒有。有個叫和江的小部落，在那兒也只有從草叢中，突然發出撥草的聲音，露出一隻黑色鼻毛的狗的臉而已。

說起這附近的名勝，我倒知道有個並十分可靠的、據云是山椒太夫的邸跡。但並不想去看看，不知不覺中已走過它的前面。這是因爲只顧到河流的一面的緣故。河中有個被竹林圍住的大沙洲。我走的路上並沒有風，而沙洲的竹林卻在風中猛盪著。靠雨水耕作的一塊水田在沙洲上，仍沒看到農夫；但見一個背向這邊而垂釣的人。

我對睽違已久的人影感到親近。「是釣鯔魚嗎？如果釣的是鯔魚的話，這兒該離河口不遠了。」

這時，猛盪著的竹林的騷擾聲音壓過水聲而高漲起來；那兒看似浮起的雲霧，可能是下著雨。雨滴染了沙洲乾燥的河原。正在這麼想的當兒，雨水落到我頭上來。我的衣服打濕了，看看沙洲，已沒下雨的樣子。那個垂釣的人仍然維持著剛才的姿態，一點兒也沒有動。接著我頭上的時雨也過去了。

蘆葦與秋草，每在山道的拐角處遮覆了我的視野。但是河口已快在眼前擴展開來了。因爲寒冽的潮風撲到鼻上來。

隨著接近由良川的終點，呈現出幾個寒寂的沙洲。河水接近海邊，被海潮所侵犯，但是水面愈來愈沉靜，沒有浮現任何徵兆。像昏迷不省而慢慢死去的人似地。

河口意外地狹窄。在那兒互相融合、互相侵犯的海，溶入天空暗淡的雲堆裡，渾濁地橫臥在那邊而已。

爲了觸知大海，我還得面向颳過原野與田園的烈風，再走一會兒。風描畫著北面的海。這麼嚴厲的風，在杳無人影的原野上，如此地被浪費著，都是爲了海的緣故。那可說是覆蓋著這地方的冬天的氣體之海，是命令的、支配的，而且看不到的海。

在河口的對面，重疊著的波浪，徐徐地顯示出灰色海面的廣闊。一隻像山形帽的小鳥，浮在河口的正面。那是離河口八里遠的冠島，是天然紀念物的大水鳥的棲息地。

我踏進園圃，環顧周圍，好個荒涼的土地。

那時候有個什麼意義在我心中閃過，甫閃現又消失，意義也失去。佇立了片刻，但襲來的冷風剝奪了我的思考。我又逆風而行。

多石的荒地接上了貧瘠的園，原野的雜草多半枯萎，沒有枯萎的綠色，只有像緊貼於土上的蘚苔似的雜草，那雜草的葉子也破碎而萎縮。那兒已是砂土了。

傳來戰慄似的粗鈍聲音，我聽到人聲，聽到那聲音是正當我禁不住地背向烈風，而仰望背後的由良山的時候。

我尋覓人蹤，快下到海濱，有一條沿低崖的小徑，原來那是爲了抗禦嚴重的侵蝕的護岸工事。白骨似的水泥柱橫臥四處，但砂上的新水泥的顏色卻顯得活生生的。戰慄的粗鈍聲音，原來是震動著流入滾筒裡的水泥摻攪車所發的聲音。四、五個鼻尖通紅的工人，訝異地看著穿學生服的我。

我也給了他們短暫的一瞥，人與人之間的招呼就算完了。

海從砂岸急劇地陷落下去。踏著花崗石質的砂，向著水邊走去的當兒，我再度被一種喜悅所襲擊，那是朝向剛才在我心中閃過的一個意義，確實地一步步接近的喜悅。烈風冷峻，沒戴手套的手幾乎凍僵，但也沒什麼大不了。

那正是裡日本的海！是我所有不幸與黑暗思想的源泉，是我所有醜惡與力量的源泉啦！海上巨浪滔滔，海浪陸續不斷的衝來，前浪與後浪之間，可窺見平滑、灰色的深淵。暗淡的遠海上空，纍纍堆積的雲，顯得沉重與纖細。這是說，因爲無境界的重甸甸色雲的累積，承接於無比輕而冷的羽毛似的縫線上，在那中間包圍著似有似無的青黴色天空，而鉛色的海又以黑紫色的岬角群山爲背景。一切事物之中，有動與不動以及不斷移動的潛力，還有礦物般地凝結住的感覺。

驀地，想起第一次遇見柏木那天跟我講的話。那是：「我們突然變成殘虐，是在好比暖和的春天午後，在被整割過的草地上，茫然眺望著洩過樹葉間的陽光在嬉戲的那一瞬間」。

現在，我面向海浪，面向呼嘯的北風。這兒沒有暖和的春之午後，也沒有被整割過的草地。但是這荒涼的自然，比起春之午後的草地更諂媚了我的心，與我的存在更親密。在這兒，我自足了。我沒被任何東西威脅著。

突然我浮起的念頭，該說是像柏木所說的殘虐的想頭嗎？這想頭忽然在我的裡面產生，啓示了剛才閃過的意義，清晰地照亮了我的內部。我還沒有深切地思考它，像被光亮閃擊一般地，我不過被那想頭搏擊而已。但是從來也沒有想到過的這個念頭，與產生同時地，即刻增強力量、增加巨大。寧可說我被它包住了，那念頭是這樣的：

「非把金閣燒掉不可。」

第八章

以後，我繼續走著，來到宮津線的丹後由良站前。東舞鶴中學的畢業旅行的時候，我也走同樣的路程，由這個車站踏上歸程。車站前的馬路上，人影稀少；可知道這兒是靠短短的夏天的熱鬧而做生意的地方。

我想在車站前掛著「海水浴旅館由良館」招牌的小旅舍歇宿。打開玄關的玻璃門叫了一聲，可是沒有人回答。櫃檯上積著塵埃，關著雨窗的房間黯淡無光，沒有一點人的氣息。

繞到屋後去，有個菊花枯萎了的小庭院。高處裝個水槽，下面可供夏天游泳回來的客人，沖掉附在身上的細砂。

稍微離開一點，有個好像旅舍主人的家眷住家。從緊閉著的玻璃窗傳出收音機的聲音，那突然高響的聲音，反而使人覺得不會有人。我在兩三雙木屐散亂的玄關，乘收音機的空隙叫了幾聲，還是空等著。

當曇天中太陽的微光滲進來，而留意到玄關的木屐箱的木板上亮了一下的時候，從後面閃出人影。

一個彷彿身體輪廓融化般地胖而白，眼睛細得似有似無的女人在看著我。我要求住宿，女人也不說跟我來，就默默返身向旅館的玄關走去。

——房間是在二樓的一角，是向海的方向開有窗口的小房子。女人送來的手火缽的僅有的火氣，熏了長久關閉了的房子的空氣，那霉臭令人難耐。打開窗子，讓北風吹在身上。海的方向跟剛才一樣，雲的遲緩沉重的嬉戲仍在繼續著。那雲就好像是自然的無目的衝動的反映，而且必然可見到那一部分裡有明敏理智的小小青色結晶——青天的薄片。海還是看不到。

……我在這窗邊，又開始追逐剛才的想念。我自問：爲什麼在我想燒掉金閣之前，沒想到要殺掉老師呢？

其實要幹掉老師的想法並不是完全沒有過，但即刻知道那是沒有一點用處的。因爲我知道縱使殺了老師，而那和尚頭與無力之惡，仍會源源無盡地從闇黑的地平上出現。

舉凡有生之物，都不像金閣那樣有著嚴密的一次性。人只不過是承受自然的所有屬性的一部分，並予以傳播、繁殖而已。殺人如果是爲了毀滅對象的一次性的話，則殺人是永遠的誤算。我這麼想，這一來金閣與人類的存在便愈益顯示出明確的對比：一方面人類由於容易毀壞的身體，反而浮現出永生的幻影；而金閣則由於它的不滅的美，反而漂起毀滅的可能性。像人類這具有限生命的東西是不可能根絕的，因而像金閣那樣不滅的東西是可能消滅的。爲什麼人們沒有注意到這一層呢？我的獨創性實不容懷疑。如果我燒掉明治三十年代裡被指定爲國寶的金閣的話，那是純粹的破壞，是無法挽回的破滅，並且也是確實地把人間所做的美之總量的重量減輕。

想著想著，甚至連諧謔的氣也襲了我。「燒了金閣的話」，我自語：「那教育的效果必更爲顯著吧。因爲由於它，人們可學到類推的不滅是沒有任何意義的。可以學到但憑持續屹立於鏡湖池畔五百五十年之久，仍然不能成爲任何的保證。可以學到我們的生存所寄於其上的自明之前提，明天將有崩潰的不安。」

是的，我們的生存的確是被持續了一定的時間之凝固物所包圍而保持下來的。比方說，工匠們爲了我們的家事的方便而做的小抽屜，隨著時光之消逝，時間凌駕於那東西的形態，數十年、數百年後，相反的，好像時間凝固起來而形成了那形態似的。一定的小空間，最初是被物體所佔有的，而後成了被凝結的時間所佔有，那也是化身而成爲某種神靈。中世的說部「付喪神記」的開頭，這樣寫著：

「陰陽雜記云，器物經百年，化而得精靈，自此誑人心，號之付喪神。自此世俗每於立春前。家家掃舊具，棄於路旁，此之謂拂煤。」

我的行爲將會告訴人們付喪神的災禍，而從這個災禍解救他們。我的這種行爲，將可以把金閣存在著的世界，推轉到金閣不存在著的世界。世界的意義也將會確實地變了吧。……

……愈想我愈感到快活。現在包圍我身邊、我眼前的世界，幾乎近於沒落與終結。日沒的光線橫遍大地，承受它而載著爛燦金閣的世界，像漏過指間的細砂，一刻刻，確實地在滑落著。……

×××

使我結束在由良館的三天逗留的，是由於女主人懷疑一步也不出門的我的行徑而招來警官的緣故。看到進到屋子裡來的著制服的警官，我嚇了一跳，但隨即知道沒有懼怕的理由。我依實回答訊問，說是想暫時離開寺院的生活而出奔。掏出學生證，並故意在警官面前把旅館費付清。那結果，警官變成保護的態度，他即刻向鹿苑寺掛了電話，證實了我的話不假後，說要護送我回寺。而爲了不傷「有前途」的我，特地換了便服。

在丹後由良站等火車時，下起陣雨，沒有屋頂的候車室即刻濕了。警官帶我進了車站的事務室，著便服的警官向我誇示了站長、站員都是他的友人，他把我介紹給大家，說是從京都來訪的甥兒。

我理會到了革命家的心理。圍著熊熊火焰的鐵火缽而談笑著的鄉下站長與警官，對於迫近眼前的世界之變動，近在眼前的秩序之破壞，絲毫也沒預感到。「把金閣燒了的話……金閣燒了的話，這些傢伙們的世界將變貌，生活的金科玉律將翻覆，列車時刻表將混亂，這些傢伙們的法律也將成爲無效吧。」

這些人一點也不能察覺到在自己的身旁，有一個不露什麼表情的未來的犯人，正伸手於火缽上，這使我感到高興。年輕快活的站員，大聲吹牛下次假日要去看的電影。那是偉大鉅構、感人泣下的電影，並且也不乏動作的場面。下個假日看電影的這個年紀輕輕、遠比我狂傲、活潑的青年，下個假日裡，將要看電影、抱女人，而後一睡了之。

他不斷的嘲弄站長，開玩笑，被叱責，並不停地加些木炭，或在黑板上畫什麼數字。再一次，想把我變成生活的魅惑或嫉視生活的俘虜。不燒金閣，離開寺還俗之後，我也可能被埋沒於這種生活。

……但即刻，黑暗的力量甦醒了，把我從那兒帶出來，我還是非燒金閣不可。另一種我特製的，前所未聞的生，將從那時候開始吧。

……站長去聽電話。一會兒走到鏡子前面，端端正正地戴上鑲金線的制帽。乾咳了一聲，挺起胸，像要列席什麼典禮似的，走出停了雨的月臺。不久我要乘坐的火車，讓轟轟然聲音沿著鐵路邊峭立的斷崖滑了過來。那是雨後崖土所能傳達的新鮮、濕潤的轟隆之聲。

×××

午後八時前十八分到達京都的我，被便服警官送到鹿苑寺的總門前來。是微寒之夜，出了松林的連結的黑色樹幹，總門的頑強形狀迫近時，我看到站在那兒的母親。

母親剛好站在寫著「犯者將依國法懲辦」的揭示牌旁邊。散亂的頭髮在燈光下，看去好像一根根白髮豎立著。本來母親的頭髮並沒有那麼白，只因被燈光照射而看來如此。被那散髮包住的臉孔沒有動。

母親的小小身體，可異地膨脹起來，看來好巨大。母親背後開著的總門中央，前庭的闇夜擴大著；背著闇夜，束著唯一外出用的磨損了的縫金線的腰帶，粗布料的衣服穿得鬆鬆懈懈，站在那兒看來就像死人的樣子。

我躊躇不前。我驚訝母親爲什麼來到這兒，但以後我知道了，原來老師把我的出奔通知母親，母親受驚來訪鹿苑寺，就住了下來。

便衣警官推了我的背。愈接近，母親的身影變得愈小。母親的臉在我的眼睛下方，又醜又歪的朝上看我。

感覺從來也沒有騙過我。小小的、狡猾的、深陷的母親的眼睛，現在更令我知道我對母親的憎惡是正當的。想到被這個人生下來的嫌惡，那深深的污辱感……就因爲這，使我與母親絕緣，連復仇的念頭都沒有過，這個已經在前面說過了。然而，羈絆則未曾解開。

……然而現在，看著母親多半沉溺於母性的悲嘆中，突然我感到獲得自由。我不知道爲什麼，只感到母親已絕對無法威脅我。

——劇烈的，被絞殺似的嗚咽聲起。正想之間，那隻手伸向我的臉頰，無力的打上來。

「你這不孝的！不知恩的！」

便服警官默默地看我被打著。因爲打來的指頭紊亂，而指上力量喪失，倒使指甲像雹似的落到頰上。我看到母親邊打邊不忘卻哀求的表情，便把視線移開。過了一會兒，母親的語調變了。

「跑到……跑到那麼遠，錢從那兒來的？」

「錢嗎？從朋友那兒借來的。」

「眞的嗎？不是偷來的嗎？」

「幹嘛要偷？」

好像那是唯一擔心的事，母親吁了安心的一口氣。

「是嗎？……沒有做什麼壞事吧。」

「沒有。」

「是嗎？那還好。非向方丈先生道歉不可呀。我已經謝過罪，但你非再道歉，請求饒恕不可。方丈先生是個寬宏大量的人，一定會留下我們的，但你如果不改，媽媽就要死了。眞的，如果不希望媽媽死的話，趕快改過做人。這樣才能成爲偉大的和尚……。還是趕快去賠罪吧。」

我與便服警官默默跟在母親後面，母親對便服警官應打的招呼也忘了。

望著束著陳舊腰帶的背影，我在想使得母親顯得特別醜惡的是什麼。那是……那是希望；濕潤的、淡紅色的、不斷的發癢的、不服輸於世間任何東西的、死死扒在污穢了的皮膚的頑固的皮癬似的希望，不治的希望。

×　×　×

冬天來了，決心愈來愈堅定。計劃一再延擱，但倒不厭煩於把它徐徐地延長。

以後半年間，我煩惱的毋寧是別的事。每到月底柏木就催討債，把加了利息的款額通知我，並隨意髒口罵人，但是我早已沒有還債的意思了。爲了不見柏木，最好是休學。

請勿奇怪我沒說出一旦決定了的心，發生種種動搖，徘徊瞻顧的經過。我心不再易移，這半年之間，我的眼睛緊盯著一個未來，而未曾動過。這其間的我，可說知道了幸福的意義。

第一，寺裡的生活變得輕鬆了。一想起金閣橫豎要燒燬，難耐的事物亦變得容易忍受了。像預感到將死的人，對於寺裡的人們，我的態度變得親切，應對明朗，對任何事物都抱著和解的善意，甚至連自然我也和解了。對於冬天清早來啄殘梅的小鳥們的胸毛也感到親切。

甚至對老師的憎恨我也忘了！從母親、朋輩、從一切事物，我成了自由之身。但是這新生的寫意日子，我並沒有愚笨到錯以爲那是未經下手而成就了的世界的變貌。任何事體，從終了的一端來看，都是可以原諒的。把看終了的一端的眼睛據爲己有，而且感到給予那終了的決斷爲我所握，這才是我的自由的根據。

雖說是那樣唐突地產生的想頭，但要燒掉金閣的想法，像定製的洋服什麼的，正合我的身。彷彿生下來，我就立志要做它似的，至少伴陪病父第一次看到金閣那天起，這想法就在我的體內培育、等待開花似的。金閣在少年的眼中現出世間異常美的這件事，就已具備了不久我將成爲縱火者的種種理由。

昭和二十五年三月十七日，我完成了大谷大學的預科學業。過了翌翌日的十九日的生日，滿了二十一歲。預科三年級的成績眞是可觀，席次是七十九人中的七十九名，各科的最低分是國語的四十二分。缺席時數是六百十六小時中的二百十八小時，超過三分之一。幸得佛的大慈大悲，這個大學裡沒有留級制，我得以順利進到本科，老師也默認了。

丟下課業，從晚春到初夏的美麗日子，我到各地的不必花錢的寺與神社去參觀。全靠雙腿跑路，我能想起有過這麼的一天。

我走過妙心寺的前面的寺前町。我注意到以同樣步速走在前面的學生的背影。當他走向古舊低矮的香煙店買香煙的時候，看到那戴著制帽的側臉。

是眉間緊迫、皙白而刻薄的側臉，一看制帽是京都大學的學生。他用眼角掃我一眼，像濃濃黑影流來似的視線，那時候我直覺地感到「他一定是縱火者。」

是午後三時，這不是適合縱火的時刻。迷失於柏油路面的蝴蝶，纏繞著香煙店前一朶衰萎的山茶花。白色的山茶花，枯萎的部分呈現像被火燒過的茶褐色。汽車好久不來，路上的時間停頓著。

我不知道爲什麼感到那學生一步步朝向縱火前進，只片面的看出他是縱火者。他大膽選上縱火最困難的白晝，向自己的堅定意向慢慢移步而去。他的前方有火與破壞，他的背後有被拋棄的秩序。從那幾分嚴肅的制服背影，我感到這些。年輕縱火者的背影應該是這樣的，也許我是一向就這麼想著也說不定。受到日射的黑斜紋嗶嘰的背上，充滿著不祥的、險峻的東西。

我把腳步放緩，想跟蹤那學生。走著走著，左肩稍微傾斜的背影，覺得像是我自身的背影。他遠比我美，但無疑地是從同樣的孤獨、同樣的不幸、同樣的美的妄念，而被促使邁向同樣的行爲。不知不覺中，我似乎提前看到我自身的行爲。

晚春的午後，由於明亮與空氣的慵慵感覺，這種事件容易發生。亦即我成了雙重，我的分身預先模倣我的行爲，一旦我實行的時候，便把看不到的我自身的姿態，明明白白的顯現出來。

汽車不來，路上的人影已絕，正法山妙心寺的巨大的南門迫近來了，左右大開的門扉，看來像要呑進所有現象似的。從這兒看上去，那壯大的框框之中，敕使門與山門的木柱的重複的樣子，佛殿的夢、很多的松，加上切下來的青空的一塊，甚至連幾片灰色的雲也併吞進去。隨著接近大門，縱橫於廣闊寺內的石板啦、很多塔頭的土牆啦，無限的加在這裡面。而後一旦過門而入，始知神祕的門是在門內收攬蒼穹與雲的全部。大伽藍就是這樣子。

那學生穿過了門。他繞過敕使門的外側，佇立於山門前的蓮池旁邊。繼而站在跨過池面的唐朝風的石橋上，仰望聳立的山門。「他縱火的目標是那山門吧。」我想。

那是壯麗的山門，正適合被火燄包圍。這樣明朗的午後，火也許看不到。因而滾滾黑煙捲起，看不到的火焰舐著天空的樣子，只看到蒼空歪歪斜斜的搖晃。

學生走近山門，我爲了不被發覺而繞過山門的東側偷看著。是化緣和尙歸院的時刻，從東邊的幽徑裡，連缽的三人一伍，穿著草鞋、踏著石塊雁行而來，笠子都掛在手上。回坊之前，還是照托缽的規定，眼睛只看在三、四尺之前，互不交談，靜靜地在我的前面右轉而去。

學生還在山門邊躊躇著。終於他身體依著一根木柱，從口袋裡掏出剛才買的香煙，從容地環顧四周。我想一定以抽煙爲藉口，而要放火吧。終而他把那根煙啣在口裡，臉挨近而擦了火柴。

火柴的火在一瞬間，現出小小透明的閃亮。那火光在學生眼睛裡也許看不到的，這是由於碰巧午後的陽光包住山門的三面，留下我這一邊的影子，火在身靠蓮池邊的山門的柱上的學生的臉的近處，短短的一瞬，浮出火的泡沫似的東西，接著在他猛揮的手中消失了。

學生好像滅了火柴還不放心，用鞋底拚命地踩揉著拋在礎石上的火柴。接著，他自得地吐著煙，罔顧被留下的我的失望，渡過石橋、走過敕使門邊，悠悠地走向最住家櫛比、大路伸延的南門。……

他不是縱火者，只不過是散步著的學生而已。也許無聊了一點、貧窮了一點，就是這樣的青年而已。

對於逐一看到的我而言，不是爲了放火而爲了抽一根香煙就那麼慌張的環顧四周的他的小心，亦即學生作風的戰戰兢兢的違法的喜悅；把滅了的火柴那麼拚命地踩揉的態度，亦即「文化的教養」，特別是後者令我不悅。就是因爲這種一文不值的教養，他的小小火種被安全地管制了。他也許爲自己是火柴的管理者、對社會是個毫不懈怠的火的完全管理者而感到得意。

洛中、洛外的那麼多古寺，維新以後很少鬧火警，都是由於這種教養之賜。縱使偶爾失火，火也被寸斷、被細分、被管理。以前絕不是這樣的，知恩院在永享三年失火之後，不知道被火光顧了多少次。南禪寺在明德四年，燒燬了本寺的佛殿、法堂、金剛殿、大雲庵等。延曆寺在元龜二年歸於灰燼，建仁寺在天文二十一年罹兵火。三十三間堂在建長元年燒掉，本能寺是被燒於天正十年的兵火。……

那時候，火與火互相親密。火不像這樣地被細分、被阻止，而是隨時火與火牽著手，無數的火糾合在一起。人類或許也是這樣的。火到那兒都可以呼喚別的火，那聲音即刻到達。各寺的被焚，都是因失火、或被波及、或罹兵火，並沒留下縱火的記錄；縱令像我這樣的人存在於那個古老的時代，也只消屏息藏身而靜待就夠了。每一個寺，有一天必然燒燬。火既豐富又放恣，只消等著，乘隙而來的火必然蜂起，火與火相攜手，把該完成的完成了。金閣實在是藉稀有的偶然，而免於回祿之禍。火是自然而起，滅亡與否定是常態，被建造的伽藍必然被燒燬，佛教的原理與法則嚴密地支配著地面。縱有放火的，也由於過分訴之於自然的火的力量，因此歷史家誰也沒想到那是放火吧。

那時候地上是不安的。昭和二十五年的現在，地上的不安亦不亞於當時。如果說過去的寺由於不安而被燒燬的話，爲什麼現在金閣不應該被燒燬呢？

×　×　×

由於一邊怠課，一邊常常上圖書館，終於五月的某一天，碰到了我一向迴避著的柏木。看著我迴避的樣子，他打趣地追上來。如果我跑起來的話，那麼內翻足的他一定追不上的想法，倒叫我停住了腳步。

抓住我肩膀的柏木喘著氣，大概是放課後的五點半左右。爲了怕碰到柏木，出了圖書館後，我便繞過校舍的裡側，來到西側的粗陋教室與高高的石牆之間的路上。這片荒地野菊繁茂，紙屑與空罐子散亂其間，潛進來的孩子們在這兒擲球。那吵雜的聲音，使得透過玻璃可望到的積塵桌子的放課後教室的陰森之氣更顯得突出。

柏木一邊喘大氣，一邊把身體支在壁上，楠木沙沙作聲的葉影，在他四時都是憔悴的臉頰上敷上色彩，並給與奇妙地躍動的影子。或許是與他不相襯的紅磚的反映才顯得如此也說不定。

「五千一百圓囉。」他說：「到這個五月底是五千一百圓囉，你弄得自己愈來愈難還債啦。」

從胸前的口袋裡，他又掏出隨時都準備好的折疊了的借條，打開來給我看。接著是怕我伸手把它抓破吧，慌慌張張地折疊起來，收回原處；我的眼底，只依稀留下狠毒的朱色的拇指印的殘像。我的指紋看來多陰慘。

「快還吧，是爲你好。學費什麼的都可以挪用一下吧。」

我緘默不語。面對世界的破局，還有還債的義務嗎？我被誘惑得想把那件事向柏木暗示一些兒，但又抑住。

「怎麼不響？口吃可恥嗎？幹嗎現在才羞恥！你口吃的事，連這個也知道啦，連這個。」他用拳頭捶著夕陽映照的紅磚的牆壁，拳頭被沾了黃色粉末。「連這個牆壁啦，學校裡誰不知道呢。」

我還是默默與他對峙。這時孩子們的球滾到我們兩人之間來，柏木俯身想拾起來送回。我起了壞心眼，想看他的內翻足如何地活動，便把一尺前的球抓在手裡。無意識地，我的眼睛向他的腳看去。柏木覺察了，其速度可說是神速的。他站直了還沒有俯下去的身子，緊盯著我，那眼裡充滿了從沒看過的欠缺冷靜的憎惡。

一個孩子怯怯地走近來，從我們之間拾起球便跑。終於柏木這樣說道：

「好吧。你要是這種態度，我也有的想法。下個月歸省之前，無論如何，該取的取給你看。你也有那覺悟吧。」

×　×　×

入了六月，重要的講經漸漸少了，學生們各準備回鄉。

從早上一直下的雨，到了晚上成了豪雨。「藥石」之後我在自己房間裡讀書。晚上八點左右，從客殿往大書院去的走廊，傳來漸近的足音。難得不外出的老師的房間，好像有了來客。但是那奇異的足音，像雨水打在木板窗的聲音。在前面引導的徒弟的足音，那麼沉靜、有規律；而客人的足音，卻使走廊的舊木板發出異樣的磨擦聲，且非常遲緩。

雨的回響籠罩著鹿苑寺的暗淡的屋簷。淋向古老而巨大的寺的雨，淹沒了無數發著霉臭的各個房間之夜。廚房、執事寮、殿司寮、客殿，貫通耳朵的只有雨聲而已，我想著現在佔有金閣的雨。稍稍開了房間的紙門，全是石子的小庭院，溢滿雨水，水呈現黑亮的背脊，從石頭流向石頭。

新進的徒弟，從老師的起居室回來，向我的房間伸進頭來，這樣說：

「老師那兒來了個叫柏木的學生，不是你的朋友嗎？」

我突然間不安起來。把正要退出的這個白天在小學當教師的戴近視眼鏡的男子叫住，招呼他進來。因爲一個人難以忍受大書院裡的種種對話。

過了五、六分鐘，聽到老師響了鈴聲。鈴聲劈開雨聲，凜凜然迴響，戛然而止。我們臉對臉地看著。

「是你呀。」

新進的徒弟說。我好不容易地站起來。

老師的桌子上，攤開著捺了我的指印的借據，老師把那張紙的一角提起，向跪在廊下的我表示，並未許我上房間去。

「這的確是你的指印吧。」

「是。」

我回答了。

「眞是糟透了。今後再有這種事發生，就不能讓你留在寺裡，可別忘了。其他還有種種……」說到此，老師也許戒懼柏木，把嘴閉上。「錢由我來還，你可以回去了。」

這一句話使我有餘裕看了柏木的臉。他以神妙的表情坐著，總算眼光避開我。行惡的時候，他自己無意識地像拔出了性格的芯，表露出最純潔的表情，知道這一點的只有我而已。

回到房間的我，在強猛的雨聲中、在孤獨中，驀地裡被解放了。徒弟已不在了。

「再不能叫你留在寺裡。」老師這麼說。我第一次從老師嘴裡聽到這話，換句話說是抓到老師的話柄。一切都明白了，原來老師早已有放逐我的念頭了，非趕快幹不可。

如果柏木沒有做出像今晚這樣的行動的話，我也沒有機會從老師口裡聽到那句話，事情也許又要延緩也說不定。一想起給我果敢力量的是柏木，就湧起對他的奇妙的感謝。

雨未減弱。雖說是六月，但寒氣沁肌，被木板窗圍住的五蓆的「納戶」，在暗淡的燈光下，看來多荒涼。這是不久我可能被趕出去的住家，沒有什麼裝飾，變了色的他他米的黑邊，破了之後捲起來，露出粗硬的線。進到黑暗的房間點燈時，我的腳趾常絆住，但也不想去補修它。我對生活的熱忱與他他米是無關的。

五蓆大的空間，隨著夏天的漸近，愈發地充滿我的酸臭味，可笑的是我是個僧侶，也是個有體臭的青年。臭味滲入古老黑光的四隅的粗柱或舊板戶，木縫裡歲月好不容易才賦與的古鏽，竟而發出年輕生物的惡臭。那些木柱或板戶，化成半腥臭的不動的生物。

這時，先前的奇異腳步聲渡過走廊，我站起身來出了走廊。對面的陸舟松在房間的燈光的照射下，高高舉著濕濡油黑的船首；以此爲背景，柏木像機器般忽然停止似地站住，我笑了。看到柏木第一次在臉上露出近乎恐怖的表情，我滿足了。我這麼說：

「不進來坐一下嗎？」

「怎麼，別嚇我呀。你眞是個怪人。」

柏木慢吞吞地在我遞過去的薄坐墊上，像平時那樣地先作蹲踞的動作，而後慢慢側身而坐，抬起頭來環顧房間。雨聲像厚厚的緞帳似地把戶外關住。落到涼臺來的浪花，時時把雨滴濺到紙門上。「別怨我呀。不得已才使出這一手的，是你自作自受的結果。對啦，這個。」說著，他從口袋裡，掏出印著鹿苑寺字樣的信封，數了數鈔票。

鈔票是今年正月起發行的全新千圓鈔，只有三張。

「這兒的鈔票很漂亮吧。老師是個潔癖的人，副司先生每隔三天就拿零錢到銀行去換呢。」

「看吧。只有三張，你們這兒的和尚多小氣。說是學生之間的借貸，利息什麼的都不承認。自己猛賺錢還不說。」

柏木這個想像不到的失望，令我由衷愉快。我會心一笑，柏木也笑了。但是這和解也只不過一瞬間，收斂了笑，他看著我的額頭突然說：

「我是明白的，好像最近你在計劃著什麼可怕的事。」

要承擔他的視線的重量是很難的。但是想到他對可怕的事的理解，與我的志向離得頗遠，便又從容下來。回答得一點也不口吃了：

「不。……沒什麼。」

「是嗎？你眞是個奇妙的傢伙，是我見過的最奇妙的傢伙啦。」

我明白那話是對著我一直沒從口邊消去的親愛的微笑而發，但他絕無法察知我心中湧出來感謝的意義，這確實的推想，使我的微笑更顯自然。站在平常的友情上，我這樣問：

「回故鄉了嗎？」

「啊！明天想回去了。三之宮的夏天嘛，那兒雖然也是無聊。……」

「要有一陣子不能在學校見了。」

「什麼話，根本都不上課還這麼說。」——這麼說著，柏木慌慌張張地解開制服的釦子，搜了搜內口袋。「……回鄉之前，想叫你高興一下，拿了這東西來，是因爲你胡亂把他捧得半天高。」

說著，在我的桌子上拋上四五封信。看了發信人的名字，我不禁驚愕的時候，柏木若無其事的說：

「讀讀看，是鶴川的遺物呢。」

「你跟鶴川交往親密嗎？」

「差不多吧！照我的方式親近過。但是那傢伙生前，很討厭被看成我的友人，不過也只對我說老實話。已經死了三年了，給人看看也好吧。特別你和他有過交情，所以一直想著什麼時候要給你看看的。」

每封信的日戳，都是死的前夕昭和二十二年五月間，幾乎每一天，從東京寄給柏木的，他從沒給過我信。手跡無疑的是鶴川有稜角而稚拙的字，我抱著輕輕的妒意。在我的前面看來一點也沒有僞裝的透明感情的鶴川，有時候還說過柏木的壞話，也常非難我與柏木的暗暗密交。

我依日戳的順序，讀起寫在薄信紙上的細字的信。文章說不出地糟，思考到處不通，要讀通它可眞不容易，但字裡行間隱隱流露出痛苦的樣子；讀著讀著，鶴川痛苦的鮮明程度歷歷地呈現在眼前。我哭了，邊哭心裡邊爲鶴川的凡庸的苦惱而驚愕。

那不過是到處都有的小小戀愛事件罷了，不過是不得雙親允許的不知世故的戀愛罷了。但是在寫的當兒，是鶴川自身不知不覺犯了感情的誇張吧，下面的一句話令我愕然。

「現在想來，這不幸的戀愛也是由於我的不幸的心吧。我生來便有黑暗的心，我的心，彷彿從不知道自自在在的明朗。」

最後一封的末尾，像激湍似的筆調戛然而止，那時候我才驚醒於迄今都沒夢想過的疑惑。

「這麼說……」

我的話剛出口，柏木便頷首。

「是啦，是自殺了。我想沒有別的，家人爲了顧全體面，拿出卡車什麼的吧。」

我氣得口吃起來，迫柏木回答。

「你回了信嗎？」

「回了，但聽說是死後才送到似的。」

「寫了些什麼。」

「叫他不要死。就是這些。」

我默然。

一直確信感覺不會欺詐我的，可是這也成空了。柏木最後又給了我沉重的一擊。

「怎麼啦，讀了那個以後，人生觀改變了嗎？計劃都完了嗎？」

柏木在三年後，才把這些信拿給我看，其用意是明顯的。雖然受到這樣的衝擊，然而仰臥在繁茂夏草上，那少年的白襯衫上散落的朝日葉影的小斑點，並沒從我的記憶消失。鶴川死後三年，這樣地變貌了，可是以爲寄託於他的東西早就與死一起消逝，而在這一瞬間，反而以別的現實性復甦過來。我開始相信記憶的實質，更甚於記憶的意義。如今若不相信它，生的本身就會崩潰……我是在狀況下相信。……但是柏木一邊望著我，一邊滿足於他親手剛剛完成的心的殺戮。

「怎樣？你的裡面有什麼破滅了吧？我不忍看著朋友懷抱著容易破滅的東西活著，我的親切也就是只管破壞那個了。」

「如果還沒有破滅的話，怎麼辦？」

「這種孩子氣的不服輸還是算了吧。」柏木嘲笑了。「我沒有告訴你，使這個世界變貌的就是認識，其他的東西沒有一個能改變這個世界的。只有認識，能把世界不變的狀態下，使它變貌。用認識的眼來看，世界是永遠不變的，又是永遠變貌的。你一定會說，那有什麼用處。但是就說爲了耐得住生，人類才有認識這武器吧。動物便不需要那東西，因爲動物沒有要耐住生的意識。只因生的難耐，認識才成爲人類的武器，但是難耐的程度卻並沒有因此就減輕。就是這些。」

「爲了耐住生，不以爲有別的方法嗎？」

「沒有，除了發瘋或死。」

「使世界變貌的絕不是認識。」我不覺竟冒著剖白的危險對答了。「使世界變貌的是行爲，沒有別的。」

果然，柏木以冰冷緊貼似的微笑接受了。

「看吧，還是來了，說出行爲來了。但是你不以爲你所喜愛的美，被認識所守護而在貪睡嗎？我們曾經講過的『南泉斬貓』的那隻貓，那隻美得無可比擬的貓。兩堂的和尚爲牠爭吵起來，就是因爲在各自的認識裡，想護衛牠、養育牠、哄牠睡得甜甜的。可是，南泉和尚是行爲者，所以漂亮地把貓斬掉。你現在要學南泉嗎？……美的東西，你所喜愛的美東西，那是人類精神中被委託於認識所殘留的部分，剩餘部分的幻影。你說的『爲了得耐住生的別的方法』的幻影。本來可以說沒有那種東西的，可以那麼說的吧。但使這幻影的力量增強，賦與現實性的還是認識。對於認識而言，美絕不是慰藉，可以是女人，也可以是妻子吧，但不是慰藉。不過這絕不是慰藉的美的東西，與認識結婚以後，便會生出某種東西，脆弱的、像泡沫的、無可奈何的東西，但確是能生下什麼來。世間上的所謂藝術，便是那東西。」

「美是……」剛開口，我就激烈地口吃起來。這時候，無聊的想法，閃過我的腦海，我懷疑我的口吃是由我的美的觀念產生的。「美……美的東西如今對我而言是仇敵了。」

「美是仇敵?」——柏木瞪大了眼睛。他的昂奮的臉上，復甦了往常的哲學的爽快。「怎麼變得這樣了?想不到會從你的嘴裡聽到這話，我也非把自己的認識的光圈矯正一下不可了。」

……以後，我們做了睽違已久的親切的議論。雨沒有停過。回去之前，柏木告訴我還沒看過的三之宮或神戶港的情形，還說些夏天巨船出港的話。舞鶴的往事又復甦過來。因而任何認識與行爲都比不上出港的喜悅吧，這空想是第一次使我們這些貧苦書生得到一致的意見。

第九章

老師總是在訓誡以後，反而施惠於我，這恐怕不是偶然的吧。在柏木討債的五天後，他叫我去，親口把第一學期的學費三千四百圓、通學電車費三百五十圓和文具費五百五十圓交給我。暑假前繳學費是學校的規定，但是發生了那件事以後，我沒想到老師會把那筆錢給我。他既然知道我不可信賴，我以爲老師定會直接把那筆款匯到學校去的。

但是這樣地把錢交到我手裡，也是對我的虛僞的信賴，這我比老師知道得更淸楚。老師無言地施與我的恩惠，是與老師的那柔軟的桃色的肉有著某種相似的。富於虛僞的肉——以信賴爲背叛的，以背叛爲信賴的肉，不被任何腐敗所侵犯，溫和地繁殖成淡桃色的肉。……

像警官來到由良的旅館時，我突然害怕被發覺一樣，我又再一次抱著近似妄想的恐怖，以爲老師看透了我的計劃，才給我錢想使我放棄實行。覺得謹愼地保存著那筆錢期間，就不會湧起實行的勇氣。非儘快地找出那筆錢的用途不可，也祇有貧窮的人，才想不出錢的用途的。非找出讓老師知道了就一定震怒，並且一定即刻把我放逐的用途不可。

那一天我輪到炊事的工作。「藥石」之後，在「典座」洗濯碗碟，無意間看了一眼已沉靜的食堂那邊。「典座」的邊上豎著被燻得黑亮的木柱上貼著大部分變了色的紙條。

阿多古
祀　符　　小心火燭

……我的心裡，看到了被這個護符封閉囚禁的火的蒼白的姿影。看到了過去是華麗的東西，如今在舊護符的背後，變得灰白而衰敗的東西。

如果我說最近在火的幻影裡感到肉慾，人們會相信嗎？若說我的生之意志全都寄託於火的話，那麼肉慾也朝向它，這不是自然而然的嗎？因而我彷彿感覺到我的那慾望，把火的婀娜姿態造形了，透過黑光木柱，火焰意識到正被我看著，因而故意嬌媚作態的樣子。那手、那腳、那胸，都纖柔多情。

六月十八日的晚上，我懷著錢，潛出寺，走向通常被叫著五番町的北新地去。早就聽說過那兒既便宜，對寺裡的小僧又頗親切。五番町與鹿宛寺有步行三、四十分鐘的距離。

濕氣頗重的晚上，薄雲的夜空，月色朦朧。我穿上卡其褲，披上夾克，拖著木屐。也許數小時後，我將以同樣的服裝回來吧。但是怎樣才能叫自己承認那裡面的我，將成為另一個人呢？

我的確是為了活下去才想燒掉金閣，但是我的行為像是死的準備。像決意自殺的童貞的男人，死前先去窯子似的，我也到窯子去。放心吧，這種男人的行為像在一張書面上簽名似的，喪失了童貞，他也絕不成為「另一個人」什麼的。

那麼次的挫折、女人與我之間金閣遮掩而來的挫折，現在不必再害怕了。我什麼也沒夢想，沒想靠女人而參與人生。我的生被確定於彼方，到達那兒之前的我，行為不外是陰慘的手續而已。

……我這樣告訴自己。這一來，柏木的話復甦了。

「賣春女人不是愛上客人才接客的。老人也好，乞丐也好，瞎眼也好，美男子也好，不知道的話癩病的也好，都是客人。普通的人，都安心於這種平等性，去買第一個女人的吧。但是我不喜歡這種平等性。五體齊全的男人與我，以同樣的資格被迎接，是忍受不了的，那對我是可怕的自我冒瀆。」

此刻回想起來的這句話，對於現在的我是不愉快的。但是雖患口吃而五體健全的我，與柏木不同，只要相信自己是極爲普遍的醜就好了。

「……話是這麼說，但是女人會不會憑其直覺，在我的醜惡的額上，讀出什麼天才的犯罪者的記號呢？」

我又抱這愚不可及的不安。

我的腳快不起來了。想來想去，到頭來眞不曉得到底爲了燒掉金閣而想捨棄童貞，還是爲了喪失童眞而想燒掉金閣。就在這個時候，也沒有什麼意義地在我心裡浮起「天步艱難」這句高貴的成語。「天步艱難、天步艱難」我喃喃自語地走著。

不知不覺來到打彈子店與酒店的明亮、熱鬧的盡頭的時候，才看到螢光燈籠在闇夜之中規則正確地相連在一起的街角。

從出了寺到這一角，我一直空想著有爲子還活著，只是隱棲在哪兒而已。空想給我力量。

自從決心要燒掉金閣以來，因爲我再一次回到少年時代似的新而無垢的狀態，所以在人生的開端碰到的人們與事物，不妨再一次邂逅吧。我這麼想。

從今以後，我該可以活下去，但奇異的是不祥的思緒卻隨日而增，覺得明天死將來臨似的，我祈禱著在我燒掉金閣之前，死神能放過我。絕不是生病，也沒有生病的徵兆。但是使我生存的各條件的調整與責任，彷彿全部落到我一個人的肩上，我感到重量一天比一天增強。

昨天掃地的時候，食指被掃帚的竹片刺傷，連這細微的傷口也成了不安的種子。也想起了指頭被薔薇的刺刺傷而致死的詩人。那些凡庸的人就不會因此而死，但是我因爲成了貴重的人，所以不知會招致怎樣的死亡。指頭的傷口幸而沒發膿，今天壓到那地方只感到微微作痛而已。

要到五番町去的話，不用說我是不可怠慢了衛生上的注意。前天，我到了不被認出臉來的老遠的藥店去，買了橡皮製品。粉質的薄膜的顏色，顯得多麼無氣力而不健康。昨夜我嘗試了其中的一個。用暗赤色的臘筆塗鴉的佛像繪、京都觀光協會的日曆、被翻到佛頂尊勝陀羅尼經文的禪林日課，還有污穢的襪子，起毛的他他米……在這些物件的當中，我的東西，像滑潤灰色的無眼無鼻的不吉之佛像似的挺立著。那不快的姿態，令我想起迄今流傳著的所謂「羅切」（切斷陰莖——譯者）的兇暴行爲。

……終於我走進燈籠連接的橫巷去。一百數十間的家，全屬同樣的款式。聽說如果去找這兒的老大，那麼任何通緝犯也很容易地就可以得到庇護。老大一按鈴，聲音會傳遍這花街中的每一間，向那些通緝犯示警。

每一家的門口邊上都設有暗暗的欞子窗，每一家都是二樓建築。重而陳舊的瓦屋頂，以同樣的高度，在潮濕的月色下並排著。每家入口處，都掛著印了「西陣」二個白字的藍布簾，著烹飪服的「茶房」，斜著身從垂簾的一端窺視外面。

我一點也沒有快樂的觀念。覺得好像被什麼秩序所遺棄，只有一個人離開行列，拖著疲憊的腳步，走在荒涼的地方。慾望在我的裡面，轉露不愉快的背脊，抱膝而蹲著。

「不管如何在這兒花錢是我的義務。」我繼續想著。「反正在這兒把學費花光就好，因爲這麼一來可以給老師最好的放逐的口實啦。」

我對這想法並沒看出奇妙的矛盾，但如果這是出自我本心的話，照理我非愛老師不可的。

不知是不是還沒到「上市」的時刻，街道上行人奇異地稀少。我的木屐的聲音刺耳地迴響著。「茶房」們的呼叫著的單調聲音，聽來像在梅雨時的低垂潮濕的空氣中爬行的樣子，我的腳趾緊挾住鬆弛的木屐帶。我這麼想到：戰敗以後，從不動山的山頂上眺望的成堆的燈光中，確實也有這個街道的燈火在內。

我的腳被引去的地方，該有有爲子在的。在一個十字路口的街角，有一家叫「大瀑布」的店，我不加思索的穿過那布簾。有六蓆他他米而舖著瓷磚的房間，裡頭深處的板凳上，三個女人像等倦了火車似地坐著。一個穿和服，脖子上綁著繃帶。著洋裝的一個，俯下身扯下襪子拼命搔著小腿。有爲子不在家，她不在家令我安心了。

搔腿的女人像被呼喚的狗似的仰起臉來。那圓圓的、有點兒腫似的臉，像兒童塗鴉的鮮艷，白粉與紅脂塗得不留餘地；仰視我的視線裡，雖是奇妙的說法，但實有善意。女人以在街角碰面的素昧平生的態度看我，那眼光完全沒有承認我的欲望。

有爲子既然不在家，那誰都好。挑選、期待的話，會招致失敗的迷信還留在我的腦裡。像女人沒有餘地選擇客人般，我也不選女人就好了。那可怕的、使人無氣力的美的觀念，非令它絲毫也不介入進來不可。

茶房來了。

「哪個娃兒好？」

我指了搔腳的女人。那女人腿上的小小的癢，也許是被停在那瓷磚上的蚊子咬的，它使我和她結上了緣。……托癢之福，那女人以後將獲得成爲我的證人的權利吧。

女人站了起來，來到我身邊，捲嘴唇似地笑著，在我的夾克的腕上輕輕觸了一下。

登上暗而舊的樓梯上二樓的時候，我又想起了有爲子的事情。總覺得這個時間、這個時間裡的世界，她是不在家的。無疑地，現在不在這兒的話，到哪兒去找也一定找不到有爲子的。彷彿她是到我們的世界之外的浴室或者什麼地方，暫時洗澡去了似的。

我覺得有爲子在生前，就自由地出入於這種雙重的世界。那悲劇事件的時候，她好像是拒絕這個世界的，但旋即又接受了。死對於有爲子而言，也許祇是曇花一現的事件而已。她留在金剛院的渡殿的血，也許不過是早晨開窗時驚飛的蝴蝶留在窗邊的鱗粉似的東西罷了。

二樓的中央，有著被古舊浮雕的欄干圍住的突出於中庭的部分，那兒掛在簷與簷之間的竹竿上晾著紅腰布、內褲、睡衣等等。因爲很暗，朦朧的睡衣看來像人的身影。

在那一間房子裡，女人唱著歌。女人的歌聲清柔，偶而和著走了調子的男歌聲。歌聲中斷，短短沈默之後，像斷了線似地女人笑了。

「——子小姐呀。」

我的對手和茶房說。

「什麼時候都是那鬼樣子。」

茶房頑固地把四方形的背朝向笑聲。我被引去的小客房，是殺風景的三疊房間，櫃臺上散漫地放置著布袋神（七福神之一——譯者）與招財貓。壁上貼著紙條、掛著日曆，三、四燭光的暗暗燈球垂掛著。從開放的窗口，響來外面嫖客的稀疏腳步聲。

茶房問我是休息還是住宿，計時是四百圓。我便要了酒與下酒的東西。

茶房下樓去拿東西時，女人也不靠到我身邊來，靠上來的是因爲送酒來的茶房催促的緣故。靠近一看，女人的鼻子下方有些擦紅了。爲了消遣無聊，不只是腳，女人大概有到處搔搔擦擦的習慣。但是鼻下方的這個微紅，也許是從裡面透出來的紅色也說不定。

請不要驚訝我生平第一次的登樓，就能夠這樣地仔細觀察。我想從自己所看的範圍尋找出快樂的證據。一切都像銅版畫似的精密可望，況且就精密的原狀，平貼在離我一定的距離的地方。

「您這位客官，以前見過面哇。」

女人說了自己的名字叫茉莉子後這麼說。

「第一次喲。」

「這種地方，眞是第一次？」

「是第一次喲。」

「大概是吧，手在發抖。」

被這麼一說，我才發覺自己拿著小酒杯的手發抖著。

「是眞的話，茉莉子小姐今夜可是輪得好番嘍。」茶房說。

「是眞是假，馬上就知道了。」

茉莉子說得好隨便。但是那話裡沒有肉感；茉莉子的心，就在我的肉體與她的肉體都無關的地方，像一個離開遊伴的孩子獨個兒在玩似的。茉莉子穿淡綠色短衫、黃色裙。是被朋輩捉弄了吧，只有兩枝拇指甲被塗上紅色。

不久進了八疊他他米的寢室時，茉莉子一腳踏在被子上，拉了從電燈垂下的長長的繩子。光亮之下浮起鮮艷的花絹的被子，是飾著法蘭西娃娃的有地板的漂亮房間。

我笨拙的脫下衣服。茉莉子把淡桃色的毛巾質浴衣披上肩膀，在那底下巧妙地脫了洋服。我把放在枕邊的水一口喝下，聽了那水聲。

「您，眞喜歡喝水呵。」

女人面向那邊笑了笑。接著進了棉被裡，面對面之後，還用指頭輕輕地點著我的鼻子，笑著說：「眞是第一次來玩的嗎？」

在暗淡的枕燈底下，我也不觀看，因爲看是我活著的證據。這樣地接近著看別人的兩隻眼睛還是第一次，我所見的世界的遠近法崩壞了。人家毫無畏懼地侵犯我的存在，連著那體溫雜夾著廉價香水的味道，一點點地增高水位，而氾濫淹蓋了我。我第一次「看」到人的世界如此溶化。

我全然被當作普遍單位的一個男人來處理，從沒想像過誰能夠那樣地把我處理。口吃脫離我而去，醜惡與貧窮脫離我而去，就這樣，脫衣以後，重複著無數的脫衣。我的確是達到了快感，但令人無法相信體會到那快感的是我。在遠遠的地方，疏外我的感覺湧起、不久崩潰了。……我即刻離開身體，把額頭擱在枕上，用拳頭輕輕敲打著冷而痲痺的頭。以後，被一種遺棄的感覺襲擊，但沒有到流淚的程度。

事後的床頭語，我迷迷糊糊地聽她說是從名古屋流落而來的，但我只想著金閣的事。那實在是抽象性的思索，不像平時那種肉感沉重、溷濁的想法。

「請再來吧。」

由女人的話裡，感到茉莉子比我大一、二歲，事實上也是如此無疑。乳房就在我的正面、在滲著汗。那是絕無法變貌成金閣的普通的肉而已，我畏畏縮縮地用指頭觸了她。

「這東西那麼珍奇嗎？」

茉莉子說著，撐起身子，像逗弄小動物似的，一直看著自己的乳房而輕輕地搖動著。我從那堆肉的搖盪，想起了舞鶴灣的夕陽。夕陽的容易遷移和肉的容易搖動，覺得在我的心中結合了。而這個眼前的肉也同夕陽似的，不久就會被幾層晚霞包住；橫臥在夜的墓穴深處，這想像，給了我安全感。

×××

第二天我又往訪同一個店的同一個女人，不只是因爲還留下足夠的錢。因爲最初的行爲，與想像中的歡喜一比，顯得那麼貧乏無味，因此有必要再試一次，以便更接近想像中的歡喜。我的現實生活中的行爲，與人不同，有忠實地模仿想像以告終的傾向。這兒說是想像並不適當，寧可改稱爲我的源泉的記憶。將來我將會體味到的人生的所有體驗。我總覺得以最光輝的方式，預先就體驗到了。就以這種肉體的行爲而言，我也覺得在想不出的時間與地點，（大概是跟有爲子）已經體味過更激烈、更使身體麻痺的官能之喜悅。那成了所有快感的源泉，而現實的快感，祇不過是從那兒分來的一掬水而已。

我覺得的確在遙遠的過去，在哪兒看過無比壯麗的夕照。以後看到的夕陽，看來或多或少地褪著色，這是我的罪過嗎？

昨天，女人拿我當一般人看待；因此今天我便把數天前在舊書店買的舊文庫本子放在褲袋裡帶去了。是白加林的「犯罪與刑罰」，這個十八世紀意大利的刑法學者的書，是啓蒙主義同合理主義的古典性便餐，讀了幾頁我就把它拋開，但是我想女人說不定對這書名會感到興趣。

茉莉子跟昨天一樣的微笑迎接我。是同樣的微笑，但「昨天」並沒有在任何地方留下痕跡。而對我的親近感，好像是對在哪個街角碰到的人的親近感，這麼說是因爲她的肉像是屬於哪個街角的東西。

小廳房的酒的你來我往，已經不那麼生澀了。「好好地把杯底亮出來，還年紀輕輕的倒很懂得風流哪。」

茶房這麼說。

「但是每天來這兒不會被和尚罵嗎？」茉莉子說。看了我被識破而驚訝的表情，又這麼說：「那當然看得出來的。現在流行長髮的，剃五分頭便一定是寺僧囉。現在已成了了不起的和尚的那些人，年輕時候多半來過我們這兒。……來呀，唱唱歌吧。」

茉莉子忽然開始唱起港口的女人怎樣怎樣的流行歌。

第二次的行爲，在已經看慣了的環境中，做來輕便順利。這一次我以爲瞥見了快樂似的，但是那不是想像中的那種快樂，不過是覺得自己適合於那事的自我墮落的滿足而已。

事後，女人以年長的身分給了我感傷的訓誡，把我那短暫的感奮也都破壞了。

「還是不要經常來這種地方較好。」茉莉子說了：「你是一個認眞的人，我這樣認爲的。不要深入，認眞地去做生意較好。當然希望你來，但願你了解我這番心意，我眞覺得你是弟弟似的。」

也許茉莉子是從什麼廉價小說裡學來這套會話的。那不是以那麼深的心情說的話，只是拿我當對手，構成一個小小的故事，期待著我能與茉莉子共享她所造成的情調。如果我能迎合著哭一場，那就更好。

但是我並沒有那麼做。驀地從枕邊拿出「犯罪與刑罰」，湊近女人的鼻端。

茉莉子順從地掀了掀書頁。沒有說什麼，就擲回原處。那本書已從她的記憶裡消失。

我企望女人能從與我相遇的命運裡，預感到什麼。企望她能接近她是給世界的沒落助一臂之力的意識中，哪怕是那麼一丁點兒也好。我想縱使是對女人而言，那也不該是怎麼好的事。這種焦慮的結果，終而我說了不該說的話。

「一個月……大概是啊，一個月之內，我想報紙會大登我的事吧。那時候，請記得我。」

說過後，我激烈地悸動，但是茉莉子卻笑了。搖著乳房而笑，偷窺似地看著我，咬著袖口忍住笑，但又噴出新笑聲，渾身抖動。怎麼那麼可笑呢？無疑茉莉子也難以說明。女人發覺了它，這才停止了笑。

「有什麼可笑的呢？」我發了愚問。

「是你說謊了呀。啊，眞好笑。說謊說得過分啦。」

「我不說謊。」

「算了吧。啊，眞好笑，笑死人呀。光會說謊，而且一本正經的。」

茉莉子又笑了。那笑也許是因爲極爲單純的理由，由於我說得太著力，所以口吃得太厲害的緣故吧。總之，茉莉子是完全不相信的。

她不相信。無疑地，眼前起了地震她也不相信。縱使世界崩潰了，也許只有這個女人不崩潰。因爲茉莉子只相信依自己所想的程序發生的事，而世界當然不可能照茉莉子所想那樣地崩壞，並且茉莉子也絕不可能想到那一層的機會。這一點茉莉子是和柏木相像的。女的，不會思想的柏木，就是茉莉子。

因爲話題中斷，她就露著乳房，哼起歌來。忽然那歌兒雜進蒼蠅的飛翅聲。蒼蠅在她的身邊飛繞，偶而停在乳房上，「好癢呀。」

茉莉子只這麼說，也不趕開。停在乳房上的時候，蒼蠅多麼著迷於乳房，眞令人吃驚，茉莉子竟對這種愛撫好像很欣賞的樣子。

屋簷響起雨聲，好像只在那兒下雨的雨聲。雨彷彿失去了廣度，迷失在這個街的一隅，無助地疏立著。那聲音像我所處的場所，被廣大的夜所隔離。也像枕燈微亮的洩光一般的，被局限了世界的雨聲。

若說蒼蠅是喜愛腐敗的話，那麼茉莉子是開始腐敗的嗎？什麼都不相信就是腐敗嗎？茉莉子住在只屬於她自己的絕對的世界裡，這也就是被蒼蠅光顧的意思嗎？我不明白。

但是突然落入死一般的假寐的女人，被枕邊的亮光照得圓圓的乳房上，蒼蠅也像突然入睡似的一動也不動了。

×××

我沒再到「大瀑布」去了。該做的都做完了，剩下來的只有等老師發覺到學費被挪用，而把我放逐。

然而，我絕不做出向老師暗示這挪用情形的行動。不需要招認；不招認，老師也該嗅得出來的。

爲什麼我還會這個樣子，在某種意義上仍然信賴老師，想借老師的力量呢，這是難以說明的。我不明白爲什麼把自己最後的決斷，還要委之於老師的放逐呢？我老早看穿了老師的無力，前面已說過了。

第二次登樓的幾天後，我曾看到老師的這種姿態。

對老師而言，那是難能可貴的。那天一大早，他到開放前的金閣的旁邊散步去了。向掃著地的我們說了慰勞的話，老師身著涼快的白衣，登上往夕佳亭的石階而去，好像一個人要在那兒喝茶清清心似的。

那天的晨空，留下鮮烈的朝霞，藍天處處，還有映照著紅彩的雲在漂動著。雲似含羞未醒。

掃過地，大夥兒快步回到本堂，只有我通過夕佳亭的橫側，從大書院的背面的後徑回去，因爲大書院的後側還沒掃好。

我帶著掃帚，登上圍繞著金閣寺牆垣的石階，出到夕佳亭的旁邊。群樹被昨夜的雨沾濕了。灌木的葉尖的無數露珠，映著朝露的殘影，像結了不是時節的淡紅的果實。綴上露珠的蜘蛛網也呈微紅色而輕顫著。

我以一種感動的心情，眺望著大地的物象這麼敏感地蘊含著天上的色彩。籠罩著寺內的綠地的雨潤，也都是來自天上的。恰如受到恩寵般地濕濡著，散放出腐爛與新鮮的氣味，這都是因爲它們不懂得拒絕的緣故。

如所周知，接著夕佳亭是拱北樓，那名稱出自「北辰之居其所衆星拱之」。但是現在的拱北樓不同於當年義滿威名赫赫時的東西，它是重建於一百數十年前，做成了圓形的茶座的。老師的身影不見於夕佳亭，大概在拱北樓吧。

我不想單獨與老師晤面。沿著樹籬屈身而走的話，對方應該是看不到的。因此，躡著足走去。

拱北樓開著。像平常，壁上掛著圓山應舉的畫軸。因長久歲月而發黑的纖巧細工的天竺產白檀木雕櫥子裝飾於供間。左邊有利休（千家茶道之祖——譯者）喜愛的桑櫃，也有畫屏。只有老師的身影看不到，不禁，頭伸過樹籬環顧一下。

床柱之間的昏暗處，可看到一個大而白的包裹樣的東西。仔細一看，是老師。盡可能地彎下白衣的身體，把頭擁進膝間，兩袖覆臉，蹲踞著。

就保持那姿勢，動也不動，一絲不動。倒是看著的我，種種感情此生彼滅。

開始我想到的是，老師被什麼急病所襲，忍耐著發作。我祇要上前看護就好了。

但是別種力量阻住了我。從任何意義上說來，我都是不愛老師的，因早已下定說不定明天就要放火的決心，所以那種看護是僞善的，而且看護的結果，萬一和尚表示了感謝與愛情，那就會使我產生心軟的危懼。

仔細一看，老師並不像生病的樣子。不管怎樣，那姿態令人覺得矜持與威信全都消失了，卑賤得像野獸的睡姿。只知道那袖子微微抖慄，彷彿有什麼看不到的重物壓在背上。

那看不到的重量是什麼呢？是苦惱嗎？或是老師本身難以忍受的無力感？

漸漸地，可聽出老師在低聲地唸著經文，但不知道什麼經文。老師有著我們所不知道的黑暗精神生活，與之相比，我拼命嘗試了的小小罪惡與怠慢，祇不過是微不足道的事而已，這想法，突然爲了要傷害我的驕傲而出現。

對啦。這時我覺察到了，老師的那種蹲踞的姿態，正和被拒絕了僧堂入衆的請願的行腳僧，終日在玄關前把頭垂在自己的行囊上的那種「庭詰」的姿態一模一樣。如果像老師這般的高僧，模仿了新來的旅僧的這種修行的形態的話，那謙虛的程度是驚人的。不知道老師對著什麼變得那麼謙虛。像綴在庭院的小草、群樹的葉尖或者蜘蛛網下的露珠，對著天上的朝霞那般謙虛似的，老師也對著不是屬於自己的本源的惡與罪孽，就以那種野獸的姿態把它映在自己身上似的，那種謙虛的嗎？

「那是要做給我看的！」突然我想到。一定是的。知道我會通過這兒，爲了給我看才裝出那樣子的。淸淸楚楚知道自己無力的老師，最後在無言之中，要撕裂我的心，使我起憐憫的感情，終而使我屈服，他發現了這充滿譏諷的訓誡方法！

就這樣迷迷糊糊地看著老師的背影，我差不多受到感動了。雖然竭力否定，然而無可置疑地我幾幾乎要愛慕老師了。但是幸虧有了「那是做給我看的」的想法，一切都逆轉過來，我的心腸變得比以前更硬了。

決定放火的實行不再靠老師的放逐，就是在這個時候。老師與我已成了互不影響的不同世界的人，我已了無罣礙。我不再期待外力，隨心所欲，在高興的時候決行就好了。

隨著朝霞的褪色，天空雲朵增加，從拱北樓的緣臺退去了鮮艷的日照。老師仍然蹲著，我拔腿匆匆地離開了那兒。

×××

六月二十日，朝鮮動亂勃發。世界將確實沒落破滅，我的這預感實現了，非趕緊不可。

第十章

到五番町的翌日，其實我已做過了一個嘗試。金閣北側的板戶的二寸許長的釘子，我拔下了兩根。

金閣的第一層法水院的入口有兩處。東西各一，都設有觀音門扉（即兩扇開闔的門扉——譯者）。導遊的老人，晚上去金閣，從裡頭關上西邊的門扉，再從外邊關上東邊的門扉，然後上鎖，但是我知道不要開鎖也能進入金閣。從東側的門扉繞過背後北側的板戶，正守護著閣內的模型金閣的背面，那板戶已朽，把上下的釘拔掉六、七根就很容易可以拆下。每根釘都鬆了，只要指頭的一點力量就輕易地拔掉。因而我試了一下，拔去了那兩根。拔起的釘子包在紙裡，保存在抽屜的深處。經過了幾天，誰也沒有覺察到。過了一週，還是沒有人留心到。二十八日的晚上，我又悄悄地把那兩根釘子還原。

看著老師蹲踞的姿態，終於下決心不再依靠誰的力量。那一天我在千本今出川的西陣附近的藥店買了安眠藥。起初店員取出看來像是三十粒裝的小瓶子，我說給我更大的，花了一百圓買下了百粒裝的。另外，又在西陣署南鄰的金屬店，以九十圓買了長四寸許的有鞘的小刀。

夜裡，我在西陣署徘徊著。幾個窗燈光頗亮，有個穿開襟襯衫的刑警抱著皮包慌慌張張的走進去，沒有一個人對我注意。過去二十年，從沒有人對我注意過，現在也繼續著那狀態。此刻我還不重要。在這個日本國裡，有著幾百萬、幾千萬不引人注目的，生活在角落裡，我還是屬於那裡面的一個。這種人活著也好，死也好，對世間都是無關痛癢的，但是那種人實在有著令人安心的東西。所以刑事也安心，不屑向我一顧。紅濛濛的門燈光，照著，脫落了「察」字，橫寫著的西陣警察署幾個字樣。

回寺的路上，我想起今宵買的物件，那是令人心跳的東西。

刀與藥是爲了準備萬一的時候而買的，但是卻使我快樂得就好比是一個有了新家庭的男子，爲了什麼生活的設計而買了些物品。回到寺後，那兩件東西還使我百看不厭。拔去皮鞘，舔舔小刀口。刀面即刻佈起雲，舌頭感到明確的冷峻，甚且還微有甜味，甜味從這薄薄鋼片的深處，從那令人無法到達的鋼的實質裡，微微映照地傳到舌尖。這種明確的形狀、這種類似深海之藍的鐵的光輝……它與唾液一樣地持有永遠纏繞在舌尖的清冽甜味。不久，那甜味也漸遠去，我愉快地想像到我的肉體有那麼一天將醉倒於甜味的迸發，覺得死的天空明亮得就跟生的天空一樣。因此我忘了暗黑的想法，這個世界，痛苦已不復存在。

金閣於戰後，裝設了最新式的火災自動警報器。金閣的內部達到了一定的溫度時，警報就在鹿苑寺事務室的廊上響起來。六月二十九日的晚上，這個警報器起了故障。發現故障是導遊的老人，老人在執事寮報告那件事的時候，碰巧我在廚房裡，我認定這是上天鼓勵我的聲音。

但是翌日的早上，副司先生打了電話到裝設這器具的工廠，請求修理。好心的導遊老人特地來告訴我這件事，我咬著嘴唇。昨夜正是決行的好機會，可惜失去了不再有的機會了。

黃昏時，修理工人來了。我們並排著好奇的臉，觀看修理的情形。修理頗費時間，工人老是歪斜著頭沉思，圍觀者的人也一個一個地去了。過了些時候，我也離開了那兒。我等著，夜像海潮湧上金閣。爲了修理而點著的小燈還亮著，警報終於沒響，無法可施的工人說了明天再來就回去了。

七月一日，工人失約沒來，但是寺裡並沒有急急催促修理的理由。

六月三十日，我又到千本今出川去，買了麵包與餡餅——寺裡不供應點心，因而常常從微薄的零用錢中，買些餅乾吃。

但是三十日買的餅，並不是爲了果腹。也不是爲了服用催眠劑而買的。勉強說來，是不安令我買的。

提在手裡的膨脹而柔軟的紙袋與我的關係；我現在正想著手去做的完全的孤獨行爲，與那難吃的麵包的關係。……從曇空滲出的陽光像悶熱的靄氣罩著古老的街道。汗水悄悄地在我背上，突然畫了一條冷線流下，我倦極了。

×　×　×

那一天來到了。昭和二十五年的七月一日。如前面所述，火災警報器在今天沒有修好的可能。那是午後六時確定的，導遊的老人再一次打了催促的電話。「很抱歉，今天很忙不能去，明天一定去。」工人回答。

那一天，金閣的拜觀客大約有一百個人，但關門是在六點半，因此人潮漸漸退。老人打過電話，導遊的工作已完了，就站在廚房東側的土間，懵懵地眺望著小菜園。

下著霧雨，從清早就下了幾次又停止。風也微微吹來，不那麼悶熱了。菜園裡南瓜的花在雨中點點散落著，一方面黑油油的田疇，上月初播下的大豆已萌芽了。

老人在想什麼心事時，有時會動著下巴，咬嚮嵌得不好的假牙。每天講的雖是同樣的說明辭令，但越來越變得難聽是由於假牙的關係，有人勸告也不想矯正。盯著菜園，不知喃喃地唸些什麼。唸過之後，又響牙；響聲一止又唸，大概咀咒著警報器的修理不能進行。

聽到那不清楚的叨唸，我覺得他像是在說著假牙也好，警報器也好，任何修理都不可能了。

那天晚上，鹿苑寺裡老師的地方來了稀客。是從前與老師同僧堂的友人，福井縣龍法寺的住持桑井禪海和尚。這是說，與父親也是同僧堂之友。

打電話連絡了外出的老師，說是大約一個鐘頭就回來。禪海和尚上京來打算在鹿苑寺住一兩天。

父親曾愉快地談過禪海和尚的事，我知道父親對這位和尚頗表敬愛之心。和尚的外觀、性格都屬男性的粗獷的禪僧典型。身高近六尺，色黑眉濃，其聲轟轟然。

朋輩來叫我，傳達等老師回來以前，和尚想跟我說話的意思，這時我猶疑了，擔心和尚的單純而澄明的眼，會看透迫在今晚的我的企圖。

本堂客殿的十二蓆房間，和尚盤坐著在喝副司先生特別爲他做的酒和素食菜肴。朋輩一直在那兒替他斟酒，現在換上我正坐於和尚之前的他他米上。我的背朝向不作聲的雨的昏闇中。因而和尚只能看到我的臉和梅雨時的庭院之夜，這兩樣都是黑暗的東西。

但是，禪海和尙是不被外物所拘的。一見到初會面的我，便一連串爽朗地說我很像父親，長得好大了，父親之死非常可惜等等。

和尙有著老師所沒有的素樸、父親所沒有的力量。那被日灼的臉，鼻子大大地開著，濃眉的肉隆起而緊迫的樣子，彷彿取象於「大癋見」（是日本能樂的一種面具——譯者）的臉譜而做成的，都不是整齊的臉型。由於內部的力量過剩，那力量恣意地表露出來，打破了完整。既如突出的顴骨，也如南畫的岩山之奇峭。

雖這麼說，但那轟隆大聲說話的和尙，卻在我的心裡迴響著溫和，不是世間平常的溫和，是村莊外，供旅人歇涼的大樹的粗根似的溫和，是粗糙的溫和。談話之中，我警戒著今天這個晚上，自己的決心不要被這種溫和所軟化。這麼一來，心中又湧起了老師是否爲了我而特地請和尙來的疑心，但爲了我而從福井縣請和尙上京來是不可能的。和尙不過是奇妙而偶然之客，無可比擬的破局之證人而已。

近二合裝的白瓷的大酒瓶空了，我行了一禮，到「典座」（役僧——譯者）那兒去取。捧著熱酒器回來的時候，我生起了過去從不知道的感情。從來也沒有想過讓人理解的衝動，而到了這個時候，卻希望只讓禪海和尙該發覺到，再來斟酒的我的眼睛與先前不同，多麼率直地閃爍著。

「覺得我是怎麼樣的人呢？」我問。

「嗯。看來是個認眞的好學生，暗地裡做些什麼事我可不知道。但遺憾的是，與從前不同，沒有玩樂的錢吧。令尊和我和這兒的住持，年輕時代幹過好些壞事。」

「我像個平凡的學生嗎？」

「看來平凡是比什麼都好的。不必在乎平凡，那樣才不叫人覺得有異。」

禪海和尚沒有虛榮心。一般高僧易陷的弊病，是因常常被託鑑定人物、書畫、骨董等等，爲了事後不致於被嘲笑鑑識的差誤，所以不說斷定的話，當然也常留下禪僧風格的獨斷給人看，但總留個可作哪個解釋都可以的餘地。禪海和尚不是那個樣子，我明白他是把所看所感說出來的。他對於映在自己的單純而強烈的眼中的事物，不故意求更深一層的意義。有意義也好，沒有也好。而和尚令我感到比什麼都偉大的是看事物，比方說看我的時候，並不依靠只有和尚的眼睛看到的特別事物而標奇立異，而是同他人可能看到的一樣地看著。對和尚而言，單是主觀的世界並沒有意義。我明白了和尚想說的話，漸漸覺得心安。在我被別人看來平凡的範圍內，我是平凡的，縱使敢做任何異常的行爲，我的平凡仍如被篩過的米留在篩上。

我不知不覺間想把自己的身體看做立於和尚之前的靜靜綠叢中的小樹。

「像別人所看的樣子活下去就好嗎？」

「那也不行吧。但是如果做出異樣的事，人們便又那樣地看我們了。世間是健忘的。」

「人們所看到的我跟我所想的我，那一種更持續著呢？」

「那一種都會立刻中斷的呀。勉勉強強的用盡心思讓它持續，也總是會中斷的。火車在跑的時候，乘客靜止著。火車一停，乘客就非從那兒走出不可。跑的也中斷，休息也中斷。死雖說是最後的休息，但也不知持續到什麼時候。」

「請看透我吧。」終於我說了。「我不是如您所想的人，請看穿我的內心吧。」

和尚啜著酒杯，目不轉睛地看著我。彷彿被雨沾濕的鹿苑寺的大而黑的瓦屋頂似的沉默的重量壓在我的上面。我戰慄了，那是因爲驀地裡和尚發出了世間少有的爽朗的笑聲。

「沒有看穿的必要。全表現在你的臉上。」

和尚這麼說。我覺得我完全的、不留餘地的被理解了，我第一次成了空白。就如同以那空白爲目標而滲入的水似地，行爲的勇氣新鮮的湧起來。

老師回來了，是午後九點鐘。一如往常由四個警備員出去巡視，沒有什麼異狀。回來的老師與和尙交相酌酒，深夜零時半左右，朋輩的徒弟招待和尙到寢室。之後，老師便去洗澡——叫作「開浴」，二日的午前一時，擊拆聲也停了，寺裡靜悄悄地。雨又無聲地下起來。

我一個人坐在床鋪上，計量著鹿苑寺裡的沉澱的夜。夜，逐漸的增加密度與重量，我住的五蓆他他米的「納戶」的粗柱和板戶，支撐著這個古舊的黑夜，顯得莊嚴肅穆。

我在口中試了試口吃。一個詞兒和平時一樣地，好像伸手於袋中搜尋時，被其他的東西卡住而很難掏出來的物品似的，把我整得慘兮兮之後才出現於嘴唇上。我的內心的重量與濃度，恰如現在的夜晚；言語像重重的吊桶般，從深夜之井咿呀地昇上來。

「快啦，再一會兒的忍耐啦。」我想。「我的內界與外界之間的這個生鏽的鎖，將巧妙地啓開。內界與外界相通連，風將在那兒自在地吹來吹去。吊桶將輕輕地搏翅般地昇起，一切以廣大的曠野的姿態展開於我前面，密室將消滅。——那些已在眼前。在近的地方，我的手已快達到了。……」

我充滿了幸福，在冥暗中坐了一個鐘頭。好像有生以來，從沒感到像這個時候幸福。……突然我從冥暗中站起來。

躡足來到大書院的背後，穿上早就準備好了的草鞋，在霧雨中，沿著鹿苑寺的裡側的水溝走向工事場去。工事場沒有木材，零散的鋸木屑被雨沾濕後發出的味道在那兒低迷著。那兒貯藏著買來的稻草，每次都買四十束。但是今晚大多給用完了，只剩下三束。

我抱著那三束，從菜園的旁邊回來，廚房裡悄然無聲。繞過廚房的角落，來到執事寮的背後時，那兒廁所的窗口突然射出光亮，我就地蹲下。

聽到廁所裡乾咳聲，像副司先生的聲音。隨即傳來放尿聲，似無限際之長。

怕稻草被雨沾濕，我蹲踞著以胸部覆著稻草。受著微風在搖曳的羊齒的草叢中，沉澱著因爲下雨而變得強烈的廁所的臭味。……尿聲停止了。傳來身體在板壁上踉蹌碰撞的聲音，副司先生好像不十分清醒的樣子。窗口的燈光熄了，我再抱起稻草，走向大書院的背後去了。

說起我的財產，不過是裝身邊衣物的柳條行李箱一個和小小陳舊的皮箱一個而已，我想把那些全部燒掉。今晚已把書籍、衣服和僧衣，以及零零碎碎的東西全部裝進這兩個箱子。我的精密程度是應該被稱讚的。搬運時容易發出聲音的東西，如蚊帳的吊環啦；燒不掉而會留下證據的東西，如煙灰缸、茶杯、墨瓶之類，便用墊子捲起來，打個包袱，另作一件。加上非燒掉不可的，還有墊被一條與蓋被兩條。接著把這些大行李，一件件地搬到大書院後面的出口處，重疊成堆。而後，去拆金閣北側的板戶。

釘子一根根像插在泥土裡似的很容易地就拔起來。我用肢體支撐著傾斜的板戶，那濕濡的朽木的表面，緊貼著我的臉頰，並不如想像中那般重，我把拆下的板戶橫在旁邊的地上。看看金閣內部，一片黑暗。

板戶的寬度正可容納側身。我浸身於金閣的冥暗之中，突然現出一個不可思議的臉，令我戰慄。那是火柴的火把我的臉映在入口處的金閣模型的玻璃櫥上。

這當兒，實在不應該這樣的，可是我還是緊盯住櫥窗裡的金閣。這小小的金閣，被火柴的光照著，影子晃搖，使得那些纖細的木條不安地蹲踞成一堆。它們忽然又被黑暗吞噬了，火柴火盡了。

擔心於灰燼的一點紅暈，我像以前在妙心寺所看到的學生似的，用勁地把火柴踩熄，這可眞奇怪了。我再擦一根火柴。通過六角的經堂與三尊像的前面，來到捐獻箱前的時候，看到了爲了投錢進去而並排的橫木條的影子，隨著火柴火的搖曳而起著波浪。捐獻箱的那兒深處，有著「鹿苑院殿道義足利義滿」的國寶木像。那是穿著法衣的坐像，衣袖左右伸延，從右手向左手橫持笏板。睜著眼，剃髮的小頭的頸部埋在法衣領口裡頭，那眼睛在火柴火中閃爍，但我並不畏懼。小小的偶像看來陰慘慘的，雖鎮坐於自己所建的館中的一隅，卻好像老早就放棄了支配權似地。

我開了通往漱清亭的西邊門扉。這個門扉的觀音扇是從內側開的，這一點已在前面述過。雨夜天空，比金閣的內部明亮。潮濕的門扉收斂了低而軋軋作響的沙啞聲，進來充滿微風的藍色夜氣。

「義滿的眼睛，義滿的那雙眼睛。」從那門扉躍身於戶外，跑回大書院後邊去的時候，我繼續想著：「一切都要在那雙眼睛的前面進行。在那什麼都看不到，死了的證人的眼睛前面……」

跑著的褲子的口袋裡響著聲音，是火柴盒的響聲。停下來的我，在火柴盒的隙間塞上衛生紙，包在手帕裡而放在另一個口袋裡的藥瓶與小刀倒不響。麵包、餡餅與香煙裝在夾克的口袋裡，本來就不會響。

以後我就機械性地作業了。把堆積在大書院的後門的行李分成四次搬運到金閣的義滿像前。最初搬的是去了吊環的蚊帳與墊被一條，其次搬的是蓋被二條。其次是皮箱和柳條行李箱，再來是三束稻草。把這些雜亂地堆積起來，三束稻草夾在蚊帳與棉被之間。因爲蚊帳最容易著火，把它攤開罩在其他行李上。

最後回到大書院後頭的我，抱起那個包著不易燃燒的東西的包袱，這一次走向金閣東端的池邊去。那是在眼前可看到池中的「夜泊石」的地方，數株松樹成蔭，好容易才得避過雨水。

池面映著夜空，微微泛白。但是成群的水藻像路面，由細碎而散亂的空隙才知道是有水的地方。雨無法在那兒描畫波紋，煙雨濛濛，一片水氣，池塘看來好像廣闊無邊。

我拾起腳邊的小石子拋進水裡，那水聲像要龜裂我身邊的空氣似地誇大地迴響著。我縮身悄立，我是想用這沉默來拭去剛才不意而起的聲音。

伸手插入水中，手纏上了微暖的水藻。首先我把蚊帳的吊環從浸入水中的手滑落下去，其次把煙灰缸像洗濯似地順水而落下去，茶杯、墨瓶都以同樣的方法滾落。該沉入水中的都沉下了，只剩下包過那些東西的墊子與包巾在我身旁。稍後把這二件帶到義滿像前，現在就只剩下點火了。

這時候我突然被食慾所襲，這太符合我的預想了，反倒覺得我被背叛了似的。昨天吃剩的麵包與餡餅還在口袋裡，我把濕濡的手在夾克的衣裾上擦了擦，貪婪地吃起來，我一點也不知道味道。跟味覺不相關地，我的胃在叫著，我只管慌慌張張地把餅塞進口中就好了。胸口急促的悸動著，好不容易地才吞下，這才捧了池水喝下。

……我來到行爲的一步之前了。引導出行爲的長久準備全部已完成，站在那準備的尖端，以後只要蹤身一躍就好了。只需一舉手一投足之勞，就應該很容易達成行為的。

在兩者之間，張著足夠吞進我的生涯的又廣又深的嘴，是我做夢也沒想到過的。

這就是說，就在這個時候我想做最後的告別，眺望了金閣。

金閣在雨夜的冥暗中影像迷濛，輪廓不定。黑幢幢地，彷彿夜在那兒結晶似地佇立著。凝神注視，那在三樓的究竟頂突然變細的構造，與法水院及潮音洞的細長的柱林也好不容易才得見。過去那樣感動過我的細部，現已融於清一色的冥闇中。

然而，隨著我的美的懷想漸趨強烈，這暗黑成為我任意描繪幻影的畫布。這個黑而蹲踞的形態之中，潛藏著我所想的美的全貌。憑著懷想的力量，美的細部一個個從冥闇中閃現出來，閃光傳播著，終於在分不清晝或夜的不可思議的時間之光下，金閣徐徐地清晰地浮映在眼前。金閣從來也沒像這麼樣子，以完全地細緻的姿態，不留餘地地閃亮著，呈現在我眼前，好像我擁有了盲人的視力似的。因自己發出的光而成了透明的金閣，從外側也可看到潮音洞的天人奏樂的天花板壁畫和究竟頂的壁上古老金箔的殘跡，歷歷如在眼前。金閣纖巧的外部與內部交融著，那構造和主題明顯的輪廓，將主題具體化的精細的重複與裝飾、對比與對稱的效果這一切，我都能夠在一望之下盡收眼底。法水庭與潮音洞這同樣大小的二樓，雖顯示著微妙的差異，但被同一個深而長的簷底守護著，倒像一雙酷似的夢，一對酷似的快樂紀念地重疊著。如果只有其中的一個，便可能容易地忘卻的，那樣地從上下互相印證著，因此夢成了現實，快樂成了建築了。並且那也是由於把第三層的究竟頂突然變細的形態頂在上頭的關係，一度曾被確證的現實崩潰了，被那黑暗而輝煌的時代的高邁的哲學所統括，以致於屈服於它。接著木削片葺成的屋頂的尖端高高地，金銅的鳳凰連接著無明的長夜。

建築家並不以此爲滿足。他在法水院的西邊架上類似於釣殿的玲瓏的漱清亭，他似乎以破壞均衡，做爲表現全部的美的力量的賭注。漱清亭對於這個建築而言，是反抗形而上學的。那看來絕不是向池塘長長伸延的，而是想從金閣的中心逃遁到任何地方去。漱清亭像從這個建築物飛翔起來的鳥，現在正張開著雙翼，向池面、向所有現世性的東西逃遁而去。這意味著從規定世界的秩序通向無規定的東西，也許意味著通向官能的橋。是的，金閣的精靈從類乎只有半截的橋似的漱清亭開始，完成三層的樓閣，再由這個橋逃逸而去。因爲池面搖盪著莫大的官能的力量，原是構築金閣的隱藏的力量之源泉，但是那力量完全被賦與了秩序，完成了美麗的三層樓以後，已經無法再住在那兒，於是只好渡過漱清亭，再一次向池上、向無限的官能的搖盪之中、向那故鄉逃遁而去。四時我都是這麼想的，每當看到低迷於鏡湖池的朝霧或夕靄時，我就以爲那兒正是建築金閣的龐大的官能力量的棲止的地方。

而美，統括了這些各部的爭執與矛盾，所有的不調和，猶如君臨其上！那好比就是在深藍質地的紙上正確地用金泥寫上一字字的「納經」（供納於靈場的經文——譯者），是無明的長夜裡用金泥構築起來的建築，然而我眞不知道，到底美就是金閣本身呢？抑是與包住金閣的這虛無之夜等質的呢？或許兩者都是。是細部，也是全體；是金閣，也是包住金閣的夜。這麼一想，彷彿過去曾令我煩惱的金閣之美的不可解，已經了解了一半了。因爲那細部之美、那柱、那勾欄、那木扉、那板戶、那華頭窗、那金寶形的屋蓋……那法水院、那潮音洞、那究竟頂、那漱清亭……那池塘的投影、那小群島、那松、以至於那渡頭，檢點了這些細部之美的話，美絕不在細部終了、在細部完結，任何一部都含有其次的美的預兆。細部之美本身充滿著不安，那是夢想著完全不知完結，被驅向於其次的美、未知的美。而預兆聯繫於預兆，一個個「不存在於這兒」的美的預兆，成了金閣的主題。這種預兆是虛無的預兆，虛無就是這個美的構造。因此在美的細部未完成中，自然地含有了虛無的預兆，纖細切木的建築，在虛無的預感中戰慄著，一如櫻珞在風中顫抖一般。

不管如何，金閣的美從未斷絕過！那個美經常都在某個地方鳴響著。像患有耳鳴痼疾的人那樣，我到處聽到金閣的美在鳴響，並且聽慣了。如果拿聲音來比擬的話，這個建築是綿亙達五世紀之久鳴叫不停的小金鈴，或者小琴呢。那聲音要是中斷的話……

——劇烈無比的疲勞襲擊了我。幻影的金閣還在冥暗之金閣上歷歷可見，它尚未收斂璀璨。任憑水邊的法水院的勾欄那麼謙虛地退出，那簷底被天竺風的挿肘木支撐的潮音洞的勾欄，卻朝著池塘夢也似地挺出胸膛。軒簷受池面的反映而明亮，水的波光在那兒映動不定。被夕陽所反映，或者月光所照的時候，使得金閣看來那麼不可思議地流動著，搏翅著，就是由於這個水光。因爲搖盪水光的反映，堅固形態的束縛被解開了，這時候的金閣看來如像是用永久搖盪的風和水的火焰爲材料建築起來的。

那種美，是無與倫比的，現在我知道了我的極度疲勞是從那兒來的。美乘著最後的機會發揮其力量，以過去曾數次襲擊我的無力感想束縛住我，我的手腳萎縮了。適才還在行爲前的一步的我，從那兒再次遙遙地退卻。

「我已經來到行爲的前面一步了。」我喃喃地說。「行爲本身完全地夢見了，我既把那夢完全地擁有過，那麼還有行爲的必要嗎？那不是徒勞無益嗎？」

柏木所說的話可能是眞的。他說改變世界的不是行爲而是認識，而有一種認識，是模仿行爲到最後。我的認識就是屬於這一種，而使行爲眞正成爲無效的也是這種認識。

這樣看來，我的長久周到的準備，豈不是爲了「不行爲也好」的這最後的認識嗎？看吧。現在行爲對我而言，不過是一種剩餘物而已。它從人生滲出，從我的意志滲出，像另一個冰冷鐵製的機械似的，在我的眼前等待發動。那行爲與我似乎是無緣無故的，到這界線爲止是我，以後就不是我啦。……爲什麼我竟成爲不是我呢？

我靠上松根。那濕濡、冰涼的樹肌魅惑了我。這感覺、這涼快，使我感到就是我。世界就以這個形態停止住，也沒有欲望，我滿足了。

「這個極度疲勞該怎麼辦才好呢？」我想。「好像熱度高漲，懶洋洋的，手也不能照自己的意識擺動。我一定生病了。」

金閣還在發光。一如劇曲「弱法師」裡的俊德丸所看到的「日想觀」的景色似的。俊德丸在瞎眼的冥闇中看到夕陽舞躍的難波（地名——譯者）的海。看到晴空之下，淡路繪島、須磨明石、甚至紀之海，映照著夕暉。……

我的身體變得麻痺，眼中頻頻掉淚。就這個樣子待到明天早晨，被人發現也是無所謂的。我大概一句申辯的話也不會說吧。

……到此爲止，我長長地叙述了關於幼年起的無力的記憶，但我也不得不說，有時突然復甦的記憶能帶來起死回生的力量。過去不只是把我們拖向過去，過去記憶的處處，爲數雖然不多，但有強韌鋼鐵的發條，現在的我們一觸到它的時候，發條即刻伸展把我們彈向未來去。

身體雖無痲痺，但心裡卻在那兒摸索記憶。有什麼言語浮起又消失，即將抵達心之手，卻又隱遁。……那句話呼喚著我，也許是爲了鼓舞我，而向我接近的。

「向內向外，逢著即殺。」

……那頭一行是這麼說的。是有名的臨濟錄示衆章的一節，底下的話暢暢然地出來。

「遇佛殺佛，遇祖殺祖，遇羅漢殺羅漢，遇父母殺父母，遇親眷殺親眷，始得解脫。勿受物拘，洒脫自在。」

這言語把陷進於無力的我彈了出來，突然全身充滿了力量。雖然心的一部份，執拗地告訴我此去我要做的事是徒然了，但我的力量不再爲無益的事而恐懼。就因爲是徒然，所以我該做。

把身邊的墊子與包袱圍起來，挾在腋下，我站起來，朝向金閣看過去。輝耀的幻之金閣開始淡薄，勾欄徐徐地被冥闇呑噬，林立的木柱也不再分明。水光消失，軒簷背後的反映也消失了。一會兒，細部全隱藏於黑夜之中，金閣只成了黑黝黝的輪廓而已。……

……

我跑了，繞過金閣的北面。腳下已熟悉，不致顛躓。冥闇次第地分裂開來，引導著我。

我從漱清亭的旁邊，朝向金閣西邊的板戶、敞開著的觀音扇的門口跳進去。把抱來的墊子與包袱扔到堆積的行李上。

胸口興奮地鼓動著，濕濡的手微微顫抖著，加上火柴也潮濕了。第一根沒點著，第二根斷了。第三根照亮著我防風的指隙間燃上了。

我找了找稻草的所在，剛才把稻草塞進去的，可是已忘了在哪兒。等到找到時，火柴的火已盡。在那兒蹲下，這一次我揀了兩根同時劃上。

火光描畫出堆積的稻草的複雜的影子，浮起那明亮枯野的顏色，細碎地向四方傳開，接著火在昇起的黑煙裡藏了身。但從沒想到對面的火脹起蚊帳的綠色，昇將起來，覺得附近突然變得熱鬧起來。

這時候我的頭清清楚楚地冷靜下來。火柴的數量有限，這次又跟到別的一角，慎重地擦了一根火柴，在另一束稻草上點燃，燃起的火給了我安慰。從前與朋輩玩焚火遊戲的時候，我是很會生火的。

法水院的內部，出現了大而晃動的影子。中央的彌陀、觀音、勢至的三尊像被照得通亮，義滿像閃爍著眼珠，那木像的影子也在背後晃動。

幾乎沒有感覺到熱度。看著火確實地移到捐獻箱，我想已經沒問題了。

我忘了安眠藥與短刀。突然萌生在這個被火包住的究竟頂上就死的想頭。於是逃開火，跑上狹窄的樓梯。我並沒懷疑昇向潮音洞的門扇爲什麼敞開著，那是老導遊忘了關的。

黑煙迫到我的背上來。一邊咳嗽一邊看著傳說是惠心的作品的觀音像與天人奏樂的天花壁畫。飄到潮音洞來的黑煙，漸漸濃密。我再上了樓梯，想開究竟頂的門扇。

門扇打不開，三樓的鎖緊緊的鎖著。

我敲打了那門扇。敲打得很猛烈，但聲音進不到我的耳裡。我拚命地敲門，覺得好像有人會從究竟頂的裡面替我開門。

這時候，我所夢想的是究竟頂的確是我的死所，但黑煙既已迫來了，所以才求救似地、性急地敲著門。門的那一邊僅有二丈六尺七寸四方的小房間，而這時我痛切地作了夢，如今雖然大都已剝落，但這小房間是貼滿了金箔的。一邊敲著門一邊如何地憧憬於那眩目的小房間，是無法說明的。總之，只要能到達那兒就好了，我想。只要能抵達那金色的小屋子便好了。……

我盡力敲打著。手不夠，索性拿身體撞去，門扇還是打不開。

潮音洞充滿了煙，腳下火的爆聲頻響著。我被煙氣所噎，幾乎窒息。一邊咳嗽著，還一邊敲著門，門扇仍然打不開。

有一瞬間，當我產生了被拒絕的確實的意識時，我再不躊躇了。一轉身跑下樓梯，在滾滾黑煙中下到法水院，也許我潛過火，好容易跑到西邊的門扇跳出門外。我不知道此後我要到那兒去，只是一股勁兒地像快腳韋馱天神似的跑起來。

……我跑了。如何地跑個不休，是出乎想像之外的，怎樣地通過哪些地方是不記得了。可能我是從拱北樓的旁邊出了北邊的後門，通過明王殿的旁邊，跑上叢竹與杜鵑的山道，來到左大文字山的頂山。

我倒在赤松的樹蔭底下的竹叢中，爲了鎮定激劇的悸動而喘著，的確是在左大文字山的山頂，那是從正北面護衛著金閣的山。

我恢復清晰的意識是因爲被受驚的鳥吵醒的，有的鳥在我的臉近處故意誇大地搏翅滑翔。

仰臥著的我的眼睛看著夜空。成群的鳥，鳴叫著擦過赤松的樹梢；已經有疏疏的火花浮遊於頭上的天空。

起身往下眺望著遙遠的山舍間的金閣。異樣的聲音從那兒響來，也有像爆竹的聲音，有如無數人們的關節一齊鳴響的聲音。

從這兒看不到金閣的形狀，只看到滾滾黑煙與沖天的火。樹間火花紛飛，金閣的上空像撒了金砂子。

我盤膝而坐，久久地眺望著。

一留神才知道身體到處有灼傷和擦傷，血流著，手指上也可看到似乎是剛才敲門之時受了傷而滲著血。我像逃遁的野獸舐著那傷口。

搜尋了口袋，掏出小刀與包在手帕裡的安眠藥瓶。瞄準谷底，把它投擲出去。

在另一個口袋裡摸著了香煙。我抽了香煙，像做完工作而休息片刻的人所常想的，活下去吧，我想。

金閣寺 / 三島由紀夫著；鍾肇政，張良澤譯. --
七版. -- 臺北市：大地, 2000〔民89〕
面：　公分. --（大地叢書：11）

ISBN 957-8290-21-7（平裝）

861.57　　89009330

金閣寺

大地叢書 011

作　者	三島由紀夫
譯　者	鍾肇政，張良澤
發行人	吳錫清
主　編	陳玟玟
出版者	大地出版社
社　址	114台北市內湖區瑞光路358巷38弄36號4樓之2
劃撥帳號	50031946（戶名　大地出版社有限公司）
電　話	02-26277749
傳　眞	02-26270895
E-mail	vastplai@ms45.hinet.net
網　址	www.vasplain.com.tw
印刷者	普林特斯資訊有限公司
七版五刷	2017年10月

大地

定　價：260元